Frauenschuh-Verlag
Birgit Faschinger-Reitsam
& Sabine Paul GbR

Im Frauenschuh-Verlag von Birgit Faschinger-Reitsam
& Sabine Paul GbR ist außerdem erschienen:

Schuhrakel – Wege in die weibliche Kraft
44 Künstlerkarten mit Begleitbuch

Das Leben schmecken – Weiblichkeit ist kostbar

Birgit Faschinger-Reitsam und Sabine Paul

Mit Vergnügen

Erzählung

Von einer Frau auf dem Weg zu sich selbst

Impressum

Umschlaggestaltung, Layout und Illustration: Sabine Paul
Texte: Birgit Faschinger-Reitsam
Lektorat: Claudia Müller-Tief
Fotos: Nora Bretting

Herstellung: BoD – Books on Demmand, Norderstedt

Verlag: Frauenschuh-Verlag GbR, München

ISBN 978-3-9819238-3-4

Info@frauenschuh-verlag.de
www.frauenschuh-verlag.de

Inhalt

Vorwort

Moderne Märchen beginnen, wenn eine Frau am Ende ist. Scheinbar am Ende. Nämlich an dem Punkt, an dem sie sich fragt. „Warum muss das mir passieren?" Dem Ort, an dem die Seele aufstampft und schmerzhaft klarmacht, „Ich mache das nicht länger mit." Moderne Märchen handeln von Frauen, die im Alltag gut funktionieren. Deren Leben alles in allem gut verläuft. Frauen, die anderen gerne den Vortritt lassen, in Familie, Karriere und ein gutes Leben investieren, ihre eigenen Interessen aber häufig hintanstellen und sich selbst übergehen. Sie haben sich in ihren Rollen verloren, unmerklich sind sie aus der Freude gefallen, fühlen sich erschöpft und energielos und sind nun wehrlos der Unbill des Lebens ausgesetzt:

Die obligatorischen drei unlösbaren Rätsel kommen in der Gestalt von Problemen daher, die der Frau den Schlaf rauben und die geneigte Leserin empört mitfiebern lassen. Gendergerecht naht Unterstützung durch Heldinnen, die ihre Kraft aus ihrer unverschämten Lebenslust speisen und Zauberinnen, deren Magie in Form von lebensverändernden Fragen bestehen.

Das Ende eines modernen Märchens ist zugleich der Beginn eines neuen Lebens, indem die Frau – nun selbst zur Heldin geworden, sich die Frage stellt:

»Wie soll mein Leben aussehen?«

Mit Vergnügen ist eine Erzählung von einer Frau auf dem Weg zu sich selbst. Einer Frau, die erfährt, wie genussvoll es sein kann, sich das Leben leichter zu machen und zu sich zu stehen. Und wie kann es noch besser gehen? Auf märchenhaft vergnügliche Weise lädt sie die Leserinnen und Leser dazu ein, die eigene Brillanz zu erspüren und zu entdecken.

Prolog

Zwei Wochen vorher

»Wenn bei einer Mammografie ein unklarer Befund vorliegt«, las Nina in der Broschüre, die ihr die Arzthelferin in der Frauenarztpraxis in die Hand gedrückt hatte, »ist es zur Absicherung meistens zusätzlich erforderlich, eine kleine Gewebeprobe zu entnehmen...«

»Es ist nur ein kleiner Eingriff und dient Ihrer Sicherheit«, versuchte Ninas Frauenärztin sie zu beruhigen. Diesen kleinen Eingriff würde Nina vornehmen lassen, deshalb surfte sie zwischen zwei Kundenterminen auf ihrem Laptop.
Nachdem sie einen Bericht über »minimal-invasive Methoden« überflogen hatte, stolperte sie über einen Artikel »Wacher Busen – Wacher Geist«. Neugierig klickte sie auf den Link und unter der Überschrift »Der Busen – so viel Potenzial...«, begann sie zu lesen:

»So sichtbar scheinbar. Und doch unbelebt so oft. Unbewohnt. Unerfüllt. So nah am Herzen. So zur Schau gestellt und doch keiner näheren Betrachtung wert. Gesegnet sind die Frauen, die ihre Brüste für sich entdeckt haben. Manche auch erst dann, wenn sie sie verloren haben. Es ist NIE ZU SPÄT, in die Selbstliebe zu kommen. Der Zugang zu unserem Busen birgt WUNDER-bares.«

Nina fühlte sich berührt von diesen Zeilen. Selbstliebe. Der Busen birgt Wunderbares. Vor allem aber das »gesegnet sind die Frauen, die ihre Brüste für sich entdeckt haben«, bewegte sie. Nina hatte ihre Brüste nicht für sich entdeckt, bislang noch nicht einmal ansatzweise darüber nachgedacht, dass es hier etwas zu entdecken gäbe. »Aber es ist nie zu spät«, flüstere sie sich zu, während sie ihre Hände warm rieb und auf ihren Busen legte.

Wie soll mein Leben aussehen?

1. Vor jeder Morgendämmerung liegt eine Nacht

Mit allem hätte sie gerechnet. Dass ihr Mann sie verlässt, einer wilden Romanze wegen und das nach siebzehn Jahren Ehe. Mit einem herben Verdienstausfall, wenn sie für längere Zeit ins Krankenhaus müsste... Ein wenig ängstlich, dennoch gefasst harrte sie seit Tagen auf das Ergebnis der Biopsie. Warum sollte ausgerechnet sie verschont bleiben? Schon ihre Mutter hatte eine Brust verloren, aber Nina würde sich nicht so leicht ergeben. Sie würde kämpfen. Noch während sie darüber sinnierte, öffnete sie mutig den Umschlag mit dem Befundbericht. Negativ. Negativ? Es dauerte einen Moment, bis die Bedeutung zu ihr vordrang. Negativ – also nichts. Der Knoten in ihrer Brust ist harmlos. Seltsam, die Erleichterung, die sich eigentlich einstellen sollte, blieb aus. Ihrem Mann hatte sie nichts erzählt von der Untersuchung. Und es war ihr auch nicht danach zumute, mit ihm zu feiern. Er würde abends heimkommen, wie immer. Sie würden zusammen essen. Und dann würde er sich vor den Fernseher setzen oder zum Sport gehen. Sport, das bedeutete Andrea. Nein, zum Feiern war ihr nicht zumute.

Nina brühte sich eine Tasse Kaffee, da waren noch andere Briefe. Rechnungen und ein Schreiben ihrer Auftraggeberin. Die monatliche Abrechnung für die Verkäufe und Vermietungen von Häusern und Wohnungen, die sie für Frau Sandt abwickelte. Als Immobilienmaklerin hatte sie das große Los gezogen, als sie Jahre zuvor der Einladung eines ihrer Kunden zu einer Vernissage gefolgt war.

»Gefällt sie Ihnen?« Nina stand unschlüssig vor einer in Bronze gegossenen Heldengestalt und bevor sie antworten konnte, sinnierte die auffallend schick gekleidete, etwa sechzig Jahre alte Frau neben ihr: »Die Skulptur ist wie für mich gemacht.« Eine Bedienung reichte Häppchen, die die Dame jedoch ablehnte und stattdessen dem Ober ein Zeichen gab. »Möchten Sie mit mir anstoßen?«, lud sie Nina ein und nahm zwei Gläser vom Tablett und während die beiden sich zuprosteten, fragte sie beiläufig: »Sammeln Sie auch?«

Was dann folgte, war magisch: Markus Bender gesellte sich zu ihnen. Bender war nicht nur ein angesehener Galerist, er war auch ein aufmerksamer Gastgeber. Er ließ sich ebenfalls Sekt einschenken und stellte Nina der Frau, die offensichtlich bereits mehrere Kunstwerke bei ihm erworben hatte, vor: »Das ist Frau Wendt, sie ist ein Genie.

Sie hat mein Haus innerhalb von drei Wochen verkauft. Du hast ja mitbekommen«, erklärte er Frau Sandt, seiner Kundin und Freundin, »der Makler, den ich zuvor beauftragt habe, hat fast ein Jahr lang nichts zuwege gebracht.«

Nina hatte ein feines Gespür für Immobilien und das kam ihr besonders zugute bei Objekten, die freundlich ausgedrückt, schwer zu vermitteln waren. Ihre Überzeugung war: Mit dem richtigen Blick und der richtigen Einstellung wird aus vier Wänden ein Zuhause. Manchmal aber bräuchte es mehr, wie etwa bei Herrn Benders Haus, das seit langem leer stand und auf Interessenten so gar nicht einladend wirkte. Dass ihr Genie in diesem Fall so aussah, dass sie die vergoldeten aber unansehnlich verkalkten Wasserhähne im Bad diskret gegen einfache aus dem Baumarkt austauschen ließ, behielt sie für sich.

Als Maklerin war Nina gut im Geschäft und hatte Hausverwaltungen als Auftraggeber, dass jedoch eine einzelne Person Hunderte von Wohnungen besaß und sie nun für deren Vermietung zuständig sein durfte, war eine andere Größenordnung. Leicht verdient war das viele Geld nicht, das Nina seitdem erwirtschaftet hatte, denn Frau Sandt war mehr als anspruchsvoll. Mit marktüblichen Mieten gab sie sich nicht zufrieden, »Da muss mehr dabei rauskommen«, war ihr Standardspruch und auch bei der Auswahl der Mieter ließ sie es sich nicht nehmen, ein Wörtchen mitzusprechen. Sie war wählerisch. So mancher Vertrag platzte, weil die Bewerber nicht ihren Kriterien eines idealen Mieters entsprachen. Aber die Geschäfte liefen, der Markt war gut, Nina war ehrgeizig und gab ihr Bestes.

Frau Sandt wurde launischer, die Mieter wählerischer und Nina verbrachte mehr und mehr Zeit an Wochenenden und abends für die Arbeit, die immer weniger einträglich wurde. Vielen Ihrer Maklerkollegen wurde die Existenzgrundlage entzogen, als eine Gesetzesänderung vorsah, dass Provisionen nun vom Auftraggeber und nicht mehr wie zuvor von den Mietern erbracht werden müssen. Sie wäre zufrieden gewesen, wenn nicht Frau Sandt vor gut einem Jahr auch bei Nina zu sparen anfangen wollte. »Der geringe Arbeitsaufwand rechtfertigt die übliche Provisionszahlung nicht«, so ihre Überlegung, »und 40 % davon wären angesichts der Masse an Objekten angemessen«. Aber Nina war nicht nur eine besonders gute Maklerin, sie wusste auch um ihren Wert und sie war nicht bereit, davon abzuweichen.

Es entging Nina nicht, dass ihr seitdem keine unkomplizierten Objekte mehr zugeteilt wurden. Die anfängliche Begeisterung für ihren Beruf schwand. So richtig glücklich fühlte sie sich schon lange nicht mehr.

»War das wirklich schon alles?«

Gedankenverloren öffnete sie die weiteren Briefumschläge, entnahm dem einen die Rechnung ihres Zahnarztes, zerriss ein Werbeschreiben eines Altgoldhändlers und zuletzt die Abrechnungen von Frau Sandt, denen noch ein weiteres Schreiben beilag: »Sehr geehrte Frau Wendt«, las Nina, »wir bedanken uns für die Zusammenarbeit. Wir informieren Sie hiermit darüber, dass wir die Immobilienangelegenheiten mit sofortiger Wirkung anderweitig vergeben haben. Mit freundlichen Grüßen Christoph Sandt.«

… Und wenn das Ende ein
Anfang wäre?

2. Du bist nicht allein

»Was willst du stattdessen?« Diese Frage hallte in ihr nach, seit sie sich vor einigen Tagen mit ihrer besten Freundin Beate in einem Café getroffen hatte. Nina hatte angefangen, sich zu beklagen, als Beate sie bremste: »Wenn du jammern willst, dann mach das, ich gebe dir exakt 10 Minuten, dann muss Schluss sein!« Beate legte ihre Armbanduhr zwischen die Kaffeetassen auf den Bistrotisch und schaute sie erwartungsvoll an. »Fang an«, ermutigte sie ihre Freundin. Und dann sprudelte es nur so aus Nina heraus. Dass sie sich von ihrem Körper in Stich gelassen fühlt.

Dass Klaus, ihr Mann, sie betrügt, dies aber nicht so sieht und Gefallen an Polyamorie findet. Dass sie erst mal nachlesen musste, was das überhaupt bedeutet und dass sie es sich nicht vorstellen kann, mehre Menschen gleichzeitig zu lieben. Dass sie sich derzeit noch nicht einmal selbst liebt. Und schon gar nicht Frau Sandt, die immer ungnädiger wird, vor allem, seit sie nun schon Monate im Krankenhaus liegt und ihre Geschäfte ihren Söhnen übertragen hat.

* * *

»Bist du fertig?«, wollte Beate wissen. »Gibt es noch etwas?«. Da fing Nina an zu schluchzen. »Du hast noch zwei Minuten. Gib alles.« Diese Aufforderung kam so unerwartet, dass sich Nina erst geräuschvoll die Nase putzte und dann zu kichern anfing: »Sex. Sex habe ich auch keinen mehr, zumindest nicht so, wie ich es mir wünsche. Und ich war bestimmt schon zwei Jahre nicht mehr im Urlaub.« »Und? Gibt es noch etwas?«, fasste Beate nach. »Und meine Wohnung sieht fürchterlich aus, ich fühle mich nicht mehr wohl. Ich komme zu gar nichts mehr.«

Beate bestellte zwei Prosecco: »Es sieht ganz danach aus, als ob du deinem Leben eine andere Richtung geben möchtest. Lass uns darauf anstoßen.« Die Bedienung räumte das Kaffeegeschirr ab und stellte die beiden Gläser auf den Tisch. »Die Frage ist: Was willst du stattdessen? Denn weißt du«, fuhr sie fort, »mir kommt das Universum vor wie ein Liebhaber, der nichts lieber tut, als unsere Wünsche zu erfüllen, aber sich verwirrt trollt, wenn wir ihm stattdessen nur verschwommene Andeutungen machen.« Beate nahm ihr Glas und prostete Nina zu, deren Kopf gerade ergebnislos nach Bildern solch eines Liebhabers suchte. Wie auch immer, ihr war jetzt bedeutend leichter ums Herz: »Ich weiß es noch nicht. Ich weiß nur, dass sich etwas ändern muss.«

Gedankenverloren legte Nina die »freundlichen Grüße von Christoph Sandt« auf den Tisch und strich das Briefpapier mit der Hand glatt. Dass ihr Wunsch nach Veränderung so schnell in Erfüllung gehen würde, war nicht geplant. Sie hatte das Bedürfnis nach frischer Luft, stand auf und öffnete die Balkontüre ihrer Altbauwohnung. Immerhin hatte ihr Körper sie nicht in Stich gelassen. Sie ging ins Badezimmer und stellte sich vor den Spiegel. »Was willst du?« »Was will ich?« Sie zog ihren Pullover aus und auch den BH und betrachtete die Frau im Spiegel, die ihr so seltsam fremd war. Sie strich sich über den Busen, der ihr immer zu klein war, nicht genügend und irgendwie nicht ihrer. »Es muss sich etwas ändern«. Sie zog sich wieder an und machte sich auf den Weg. Sie hatte noch Termine.

Sabine Paul 2020

Was willst du stattdessen?

3. Brokat und Seide

Als sie vor dem Haus parkte, warteten die Mietinteressenten bereits auf sie. Es war wie immer, sie nahm das Protokoll auf, übergab die Schlüssel und wünschte dem jungen Paar viel Glück in der neuen Wohnung. Bei alldem kam sie sich vor, als ob sie gar nicht in ihrem Körper wäre, als ob sie vielmehr hinter sich stünde. Sie zog ihren Mantel an, ging die Treppen hinunter und als sie ins Auto einsteigen wollte, stutzte sie. Dieser Laden konnte doch nicht neu sein? Er war ihr zuvor noch nie aufgefallen. »Vintage-for-you«. Neugierig überquerte sie die Straße, drückte den geschwungenen Türknauf und öffnete die Ladentüre. »Mögen Sie Swing?«, wurde sie begrüßt und sie schaute in die Richtung, aus der sie die Stimme vernahm. Hinter einem Kleiderständer hantierte eine Frau, die sie nicht näher erkennen konnte, an einem Plattenspieler und schon erklang Tanzmusik aus dem Lautsprecher.

»Ich weiß nicht«, antwortete Nina, aber ihr Körper wusste es besser: »Ich glaube, das gefällt mir«, lächelte sie und zog erst ihren Mantel aus, griff nach einem tief ausgeschnittenen Kleid und hielt es vor ihren Pullover.

»Gut, dass Sie schon etwas früher kommen konnten. Ich muss leider für eine Stunde weg. Wenn ich wieder hier bin, kann ich Ihnen alles zeigen. Ich habe Ihnen bereits Tee bereitet, Kekse sind auch hier. Bedienen Sie sich. Wenn niemand da ist, können Sie das Kleid gerne anprobieren. Ansonsten sehen Sie sich einfach um. Wenn Kundschaft kommt, verkaufen Sie, aber geben Sie nicht zu viel Rabatt. In einer guten Stunde bin ich wieder da.«

Kaum hatte die Frau den Laden verlassen, klingelte das Handy: »Na, weißt du schon, was du stattdessen willst?«, holte eine vertraute Stimme Nina aus ihrer Verblüffung. »Beate! – Du glaubst es nicht, was heute geschehen ist«, antwortete Nina und weihte ihre Freundin über den Kündigungsbrief von Frau Sandt ein. »Und stell dir mal vor, was mir jetzt gerade passiert ist.« Beate lachte nur und meinte amüsiert

»Wie geht's noch besser?«

»Was meinst du damit, mit ›Wie geht's noch besser‹?« Aber Beate antwortete ihr nur knapp, dass man nicht auf jede Frage sofort eine Antwort bräuchte. Und dass es viel mehr Freude mache, Fragen wirken zu lassen. »Aber wenn du schon mal die Gelegenheit hast, suche dir doch ein schickes Kleid aus, denn ich bin morgen zu einer Party eingeladen und ich soll noch jemanden mitbringen.«

»Mich?« Nina wollte erst abwehren, besann sich dann aber: »Oh, ja. Ich verstehe. Was will ich stattdessen!«

Nachdem sie ihr Telefonat beendet hatten, schlüpfte Nina in das Kleid. Es passte wie angegossen. Das Bild vom Universum als Liebhaber kam ihr wieder in den Sinn. Solange sie jedoch noch nicht konkret wusste, was sie sich wünschen sollte, würde sie Fragen stellen: »Wie geht's noch besser?«, lächelte sie ihrem Spiegelbild entgegen.

***

Als nach gut zwei Stunden eine gut gelaunte Ladenbesitzerin zurückkehrte, hatte Nina zwei Kleider verkauft – ohne Rabatt zu gewähren, und dazu noch ein mit Perlen besetztes Täschchen und einen Fächer. Sie selbst hatte sich für das Kleid entschieden, das sie sorgsam über ihren Mantel auf einem Stuhl drapiert und immer wieder mit verliebten Blicken bedacht hatte. Vor allem aber, und das wollte sie für sich behalten, hatte sie der jungen Frau, die kurz nach Beates Anruf den Laden betrat, zu verstehen gegeben, dass die Stelle, für die sie sich beworben hatte, leider bereits anderweitig vergeben war.

Ninas neue »Chefin« schälte sich vergnügt lächelnd aus ihrem Mantel, hängte ihn sorgfältig auf einen Bügel, strich sich erst über ihr üppiges, hochgebundenes Haar und dann, für Nina noch etwas befremdlich, über ihren Busen, bevor sie ihre Hand ausstreckte: »Ich bin Elvira. Tut mir leid, dass es vorhin so knapp war, aber offensichtlich bist du gut zurechtgekommen. Ich darf doch ›Du‹ zu dir sagen? Wie heißt du eigentlich?«

Als Nina an diesem Abend ins Bett ging, hielt sie sich ihr neues Kleid vor ihr Nachthemd und besah sich im Spiegel. Nach dem Zähneputzen strich sie sich über ihr Haar und über ihren Busen und lächelte sich verschmitzt im Spiegel an. An diesem Tag hatte sie eine gut bezahlte, aber ungeliebte Tätigkeit verloren und eine schlecht bezahlte, dafür vielversprechende Anstellung gewonnen.

Welche Chancen warten heute auf mich?

4. Selbstverständlich

Tags drauf wartete Nina pünktlich um 11.00h vor dem Schaufenster, auf dem in großen Lettern »Vintage-for-You« prangte, als Elvira in einem alten, dunkelblauen Peugeot direkt vor ihrem Laden parkte. »Du hast Glück«, begrüßte Nina sie, »gerade ist ein Auto weggefahren. Ich bin lieber öffentlich gekommen, denn hier ist die Parksituation immer sehr schlecht.« »Nimm mir mal den Schlüssel ab und sperr schon mal auf — und streich das mit den Parkplätzen gleich mal aus deinem süßen Schädel.« Während die Ladenbesitzerin ihren Kofferraum öffnete, in dem ein großer Karton mit Kleidern und Taschen nur mit Mühe Platz fand, kettete ein Fahrradfahrer sein Mountainbike an eine Straßenlaterne. Mit einem »Warten Sie, ich helfe Ihnen«, wuchtete der junge Mann den Karton aus dem Auto und stellte ihn einer staunenden Nina vor die Füße. »Schönen Tag noch«, verabschiedete er sich und Elvira schloss die Ladentür.

»Jetzt erst mal ein Käffchen, bevor wir Platz schaffen für diese Träume«, sprudelte Elvira hervor und zerstieß Kardamomsamen in einem winzigen Mörser, den sie dem Kaffeepulver beisetzte. »Nimmst du Zimt?«, und fügte erklärend hinzu: »Milch und Zucker habe ich nicht«.
»Zimt!«, erstaunte sich Nina selbst, die bislang eher Milchkaffee trank. Als sie die Tasse entgegennahm, fragte sie Elvira: »Achtest du auf deine Figur?«

»Wo denkst du hin?« Und wie um das zu unterstreichen, legte sie ihre Hände auf ihren Busen und strich sich über ihre Taille und Hüften. »Das hier« und sie griff sich dabei wonnig in ein Speckröllchen, »sind meine ›Maniglie d'amore‹ — unentbehrlich beim Liebemachen«, gluckste sie vergnügt und schob nachdenklich hinterher, »auch wenn man das hierzulande als Hüftspeck abtut.«

Während Nina einer Schaufensterpuppe eines der neuen Kleider überzog, musste sie sich eingestehen, dass sie hier zwar wenig verdiente, dennoch reichlich entlohnt würde. Denn bereits vor Arbeitsbeginn hatte sie drei wertvolle Lektionen bekommen: Parkplätze sind eine Selbstverständlichkeit, über die man sich keinen Kopf machen soll. Dass Männer Frauen gerne schwere Dinge abnehmen, und dass Hüftröllchen sinnlich sind, wenn frau sie mit Worten und Gedanken entsprechend etikettiert.

***

Als ihr Mann es sich an diesem Abend vor dem Fernseher bequem machte, schlüpfte Nina in ihr Kleid, trug Lippenstift und Parfum auf und verabschiedete sich von einem verdutzten Klaus. Beate wartete im Auto auf sie und warf ihr einen anerkennenden Blick zu.

»Wow! Was ist sonst noch möglich?«

»Du immer mit deinen Fragen, auf die es keine Antwort gibt«, kicherte Nina. »Aber so langsam fangen sie an, mir zu gefallen. – Was ist sonst noch möglich?«

Als sie wenig später ausstiegen, war Nina überrascht, denn dieses Anwesen gehörte Frau Sandt und vor etwa einem Jahr hatte sie es Peter Martin, einem sympathischen amerikanischen Arzt und seiner italienisch-französischen Frau vermietet. »Wie schön, Sie wiederzusehen«, begrüßten Peter und Larissa die Maklerin, die Ihnen zu diesem wunderschönen Haus verholfen hatte. Nina überreichte den beiden eine Langspielplatte. Swing natürlich. Elvira hatte sie ihr in die Hand gedrückt, als sie früher gehen wollte, um noch ein Gastgeschenk zu besorgen. »Swing? Wow – Larissa, schau mal!« Peter war begeistert. »Wir können nach dem Essen noch das Tanzbein schwingen.«

Nina genoss die Party in vollen Zügen. Als die Gastgeberin Nachschlag von der köstlichen Pastete verteilte, lehnte Nina nicht wie sonst ab, sondern hob ihr Glas auf die Köchin. »Mmmhhh! – Göttlich.« Und als Peter ihr gestand, dass er sie vor einem Jahr als Maklerin so businesslike und streng wahrgenommen hatte, verschluckte sie sich fast und musste lachen.

Es war schon deutlich nach Mitternacht, als Nina nach Hause kam. In den letzten Stunden hatte sie mehr Komplimente bekommen, als sonst in einem ganzen Jahr. Sie hatte aus vollem Herzen gelacht und getanzt, bis ihr die Füße wehtaten. Sie hat sich für den Nachhauseweg ein Taxi gegönnt, statt wie sonst mit der Nachtlinie zu fahren. Leise schlich sie ins Schlafzimmer, kuschelte sich zufrieden in ihr Bett und mit einem »Was ist sonst noch möglich?«, entschlummerte sie.

Was macht mich glücklich?

5. Zimt und Sonders

Klaus war schon zur Arbeit gefahren, als Nina blinzelnd den neuen Tag begrüßte. Ihr war nicht nach einem Frühstück wie üblich zumute. Sie ließ ihren Blick über Müsli, Brot, Nüsse hin zu einer prallen Grapefruit wandern, die sie entsaftete. Dann öffnete sie den Kühlschrank, holte Staudensellerie heraus und gab Saft und Gemüse in den Mixer. Aus der Anrichte holte sie eines der schönen Gläser hervor, die sonst nur für Gäste auf den Tisch kamen, füllte den Saft hinein und streute mit einem Schmunzeln eine Prise Zimt darauf. »Auf Beate, auf Elvira, auf Larissa und Peter — und auf Frau Sandt.« Mit einem zufriedenen Seufzer trank sie den ersten selbstgemachten Smoothie ihres Lebens.

Erneut musste sie schmunzeln, als sie sich an die Unterhaltung des gestrigen Abends erinnerte. Daran, dass sie so lachen musste, als Peter sie fragte, warum sie so außergewöhnlich gut gelaunt war und so völlig anders, als er sie ein Jahr zuvor wahrgenommen hatte. Nina erzählte ihm, dass ihre Aufträge, auf die sie sich verlassen hatte, von einem auf den anderen Tag gekündigt worden sind, worauf Peter nachdenklich anfügte: »In den USA haben wir ein Sprichwort, dass nichts Solides auf Sand gebaut werden kann.« »Sand und Sandt! In diesem Zusammenhang habe ich das noch gar nicht gesehen«, meinte Nina verblüfft, erklärte dann aber, dass es vielleicht auch damit zusammenhängt, dass sie sich eine Veränderung gewünscht hatte, ohne einen Plan B zu haben. Und dass ihr die Fragen, die ihr Beate immer wieder stellte, und auch das Jammern geholfen haben.

»Deine Freundin Beate ist eine kluge Frau«, antwortete Peter und erzählte ihr, dass er als Traumatherapeut tätig sei. Er führte fort, dass diese Art von Fragen eine besondere Qualität haben: »Sie sind zukunftsorientiert und können sogar die Gehirnstruktur ändern«, erklärte er Nina. »Die meisten Menschen quälen sich jedoch mit Fragen, die sie an vergangene leidvolle Momente erinnern und sie in der Vergangenheit verankern. Allen voran das ›Warum musste das mir passieren?‹ Eine Frage, die immer in eine Sackgasse führt.«

»Ich kenne bereits die Fragen ›Was will ich stattdessen?‹ und ›Wie geht noch besser?‹ Gestern kam hinzu ›Was ist sonst noch möglich?‹ Gibt es noch mehr Fragen dieser Art?«, wollte Nina wissen. »Oh ja,« antwortete Peter begeistert: »Eine meiner Lieblingsfragen ist ›Welches Wunder wartet heute auf mich?‹«

»Oh, diese Frage muss ich mir unbedingt notieren.« Nina griff nach ihrer Tasche und holte ihr Notizbüchlein heraus, in dem sie die Wunder-Frage den drei anderen, die schon einen Platz in ihrem Heft gefunden haben, hinzufügte.

Während sie an den vergangenen Abend dachte und an ihrem Smoothie nippte, fühlte sie in die Wunderfrage hinein und merkte, wie ihr Gehirn sofort anfing, ihre Wahrnehmung zu filtern, um keinen wertvollen Moment zu verpassen, an dem das erwartete Wunder geschehen könnte. Ihre Laune veränderte sich jedoch spürbar, als sie sich zum Test fast zwingen musste, eine »alte« Frage zu stellen. »Was findet Klaus an der anderen?« Oder »Warum kündigt Frau Sandt die Geschäftsbeziehung und auf diese Weise?« Nina spürte, wie sich ihr Herz sofort verkrampfte und sie sich wie ein Opfer fühlte. Sie stand auf, öffnete das Fenster, klappte ihren Laptop auf und suchte nach »Swing«. Während sie tanzte, stellte sie sich bewusst die Frage: »Welches Wunder wartet heute auf mich?«

Welches Wunder wartet heute auf mich?

6. Von sanftem Rascheln und wohligem Kribbeln

Als Nina um 11.00h ihre neue Arbeitsstätte betrat, bereitete Elvira vergnügt Kaffee. »Du hattest einen schönen Abend«, wurde sie begrüßt. »Sieht man das?«, wollte Nina wissen. »Ist nicht zu übersehen«, antwortete Elvira und reichte ihr Kaffee in einer entzückenden Porzellantasse mit zierlichem Henkel.

Nina erzählte von dem anregenden Gespräch mit Peter, von den köstlichen Leckerbissen, von Larissas elegantem Auftreten, das sie so bezaubert hatte, und dem ausgelassenen Tanzen, bis die Glocke ertönte und eine Kundin den Laden betrat. Nina arrangierte Schmuck und Perlenketten, während sie Elvira von »Rückenlinie« sprechen hörte und von »vorteilhaften Rundungen« und dass »eine Frau sich trauen darf«. Als die Frau den Laden glücklich wieder verließ, fragte Nina, wo Elvira sich ihr Wissen angeeignet hatte, mit dem sie ihre Kundinnen in Bann zog. Statt ihr darauf zu antworten, stellte sie eine Gegenfrage: »Was meinst du, welchen Beruf ich ausgeübt habe, bevor ich diesen Laden übernommen habe?«

»Mach dir keine Mühe, du kommst nicht darauf. Ich war Stripperin.« – »Du meinst, du hast dich nackt ausgezogen?«, fragte Nina ungläubig nach. – »Genau das.« Nina war sprachlos. Nie im Leben hätte sie sich Elvira in dieser Rolle vorstellen können und wollte mehr wissen: »Wie um alles in der Welt bist du dazu gekommen?« Es dauerte ein wenig, bis sie eine Antwort bekam: »Mir ist nichts anderes eingefallen. Ich wollte reisen, ich konnte tanzen und ich brauchte Geld.«

Kundinnen kamen und verließen beseelt mit »Vintage-for-You-Taschen« das Geschäft. Elvira legte großen Wert auf hübsche Verpackungen. Nina war dafür zuständig, jedes Kleid in Seidenpapier einzuschlagen. Dazu wählte sie jeweils ein passendes Erinnerungskärtchen mit einem sinnlich-sinnvollen Spruch auf der Rückseite und besprühte es mit Orangenblütenessenz. Wenn die Frauen zu Hause Kleider und Accessoires erwartungsvoll auspackten, sollte das Einkaufserlebnis noch nachwirken. Nina liebte Düfte, mit denen sie schon mal bei schwer zu vermietenden Objekten nachgeholfen hatte. Nicht selten hatte sie auch in Pflanzen investiert, um nach den Regeln von Feng-Shui Energie in die Räume zu bringen oder für Harmonie zu sorgen. Sie nahm sich vor, Elvira bei Gelegenheit zu fragen, ob sie sich damit beschäftigt hatte, die sattgrünen Philodendren in den schwarz glänzenden Übertöpfen ließen zumindest darauf schließen.

* * *

Erst Stunden später konnten sie ihr Gespräch fortsetzen. »Ich könnte das nie!«, sprach Nina mehr zu sich, aber Elvira wusste, was sie beschäftigte. »Zeit für Tee«, lud sie ein und Nina konnte es kaum erwarten, mehr zu erfahren.

»Ich habe Jura studiert« begann Elvira, und um weiteren Fragen vorzugreifen, erklärte sie: »Mein Vater war Jurist. In den Semesterferien hatte ich Gelegenheit, viel Geld zu verdienen. Das Studium interessierte mich nicht wirklich. Zum Ausgleich begann ich mit einer Tanzausbildung.« Nina hätte fast übersehen, Tee einzuschenken, so überrascht war sie von dieser erneuten Wendung. Als sie den dampfenden, aromatischen Jasmintee in zwei weiße Schälchen mit Goldrand eingeschenkt und sich wieder gesetzt hatte, fuhr Elvira fort. »Irgendwann zerstritt ich mich mit meinem Vater, warf das Studium hin, packte meine Ersparnisse und flog nach Asien. Nach einem Monat Strand und Party war mir das zu öde. Ich ging in ein Kloster.« Nina musste husten, sie verschluckte sich. »In ein Kloster?«

Elvira lachte, »Klöster in Asien sind nicht vergleichbar mit christlichen Klöstern. Ich habe mich nach all den Spitzfindigkeiten, die mir im Jurastudium begegnet sind, danach gesehnt, Ehrlichkeit zu erfahren. Auch körperlich.«

»Geh-Meditation?«, fragte Nina. »Na, ja, das auch. Ich habe gelernt, dass man mit jeder Art körperlicher Bewegung, sofern man sie bewusst ausübt, meditieren kann. Selbst beim Sex.«

Zwei Kundinnen betraten den Laden und unterbrachen das Gespräch, das gerade in Fahrt kam. Nachdem die Ware verpackt und die Kundinnen verabschiedet waren, schickte Elvira Nina nach Hause. »Schluss für heute. Ich habe noch einen Termin.«

Als Nina an diesem Abend das Geschirr abräumte, nachdem sie für sich und Klaus Pasta und Salat bereitet hatte, polierte sie Herd und Spüle, bis sie glänzten. Seltsam, dachte sie bei sich. Küchenarbeit war ihr immer zuwider. Dass sie jetzt ein Glücksgefühl dabei beschlich, war eine völlig neue Erfahrung.

War das das Wunder, das heute auf sie gewartet hatte?

Was darf ich heute erkennen?

7. Platz schaffen

Nina wachte mitten in der Nacht auf. Sie hatte geträumt. Von ihrer Frauenärztin, die ihr vorhielt, dass sie nicht regelmäßiger in die Sprechstunde komme und sich nicht selbst abtastete. Sie war wie gelähmt und von ihrer Souveränität, mit der sie selbst schwierigen Verhandlungspartnern begegnete, keine Spur. Sie fühlte sich wie ein Häufchen Elend.
Klaus schlief neben ihr. Tief und fest. Sie sehnte sich danach, in den Arm genommen zu werden.

Als sie aufwachte, hatte ihr Mann bereits das Haus verlassen. Die nächsten drei Tage würde sie allein sein, Klaus war mit der ersten Maschine nach London geflogen zu einer Tagung und um dort Antony, seinen langjährigen

Freund aus Studentenzeiten zu treffen. Einerseits war sie erleichtert, die Wohnung und auch Zeit für sich zu haben, andererseits sehnte sie sich nach Nähe. In Selbstmitleid gefangen ging sie barfuß in die Küche, um sich einen extra starken Kaffee zu machen, als sie plötzlich grinsen musste. Die blank polierte Küchenspüle lächelte ihr entgegen. Ein außergewöhnlicher Anblick. Denn sonst »zierten« sie Weingläser vom vorherigen Abend, Brotkrümel und das ein oder andere benutzte Besteck, das zu fortgeschrittener Stunde seinen Weg nicht in die Geschirrspülmaschine gefunden hatte. Seltsam, so eine Kleinigkeit hatte die Kraft, sie aus ihren trüben Gedanken zu entführen.

Nina holte ihr Notizbuch aus der Tasche und legte es neben ihre Kaffeetasse. Sie schlug die Seite auf, die mit dem Satz: »Welches Wunder wartet heute auf mich?«, endete, und fügte eine Zeile darunter hinzu: »Was braucht es, damit ich glücklich bin?«

Sie trank ihren Kaffee, während ihr Blick durch das Wohnzimmer schweifte und an einem Stapel alter Zeitschriften auf dem Beistelltisch hängen blieb. Seit Wochen störte sie dieser Anblick. Bislang kam sie weder dazu, sie zu lesen noch sie auszusortieren. Es fehlte ihr schlichtweg die Kraft dazu. Eigenartig, sie, die für andere Einrichtungstipps aus dem Ärmel schütteln konnte und deren Feng-Shui-Empfehlungen gefragt waren, hatte ihr eigenes Zuhause aus den Augen verloren.

Ohne groß nachzudenken, packte sie den gesamten Stapel und legte ihn neben die Eingangstür. Sie würde sie auf dem Weg zum Laden entsorgen. Ent-Sorgen? Und wieder musste sie lächeln: »Eine Sorge weniger«, bekräftigte sie

sich selbst. Sie holte einen Lappen und wischte den Staub, der auf dem nun leeren Tischchen deutlich zu erkennen war. Hier würde sie heute Abend einen hübschen Strauß Blumen platzieren. »Nur für mich.«

***

Was für ein Glückskind sie doch sei, ging es ihr durch den Kopf, als sie frohgemut die Zeitschriften entsorgte und sich auf den Weg zum Laden machte. Wann zuletzt hatte ihr eine Tätigkeit so viel Freude bereitet? Während der letzten Jahre fühlte sie sich mehr und mehr ausgelaugt und fremdgesteuert. Die regelmäßigen Besuche im Fitnessstudio und ihr geliebtes Yoga hatten sich unmerklich aus ihrem Leben geschlichen, ihre Freude daran, fein zu kochen, fiel den unregelmäßigen Arbeitszeiten zum Opfer wie auch ihre gemeinsame Zeit als Paar. Kein Wunder, dachte sie sich, verkniff es sich aber, an die sportliche, gutaussehende Andrea zu denken, mit der Klaus sie letztes Jahr... »Stopp! Wie geht es besser?« Sie würde sich nicht unterkriegen lassen. Und schon stand sie vor dem Blumenladen.

Einen Strauß Frühlingsblumen und eine Rose für Elvira. Sie griff nach ihrem Portemonnaie, zahlte und als sie das Wechselgeld einstecken wollte, überlegte sie es sich anders und steckte zwei Euro in die Spardose der freundlichen Blumenhändlerin. »Oh, danke«, quittiere dies die Verkäuferin mit einem Lächeln und fragte, ob die Blumen ein Geschenk seien. »Ja.« Und mit einem versonnenen Ausdruck ergänzte sie: »Für zwei besondere Frauen.«

In der U-Bahn holte sie ihr Handy aus der Tasche, Beate hat ihr eine Nachricht geschickt. »Wie geht es dir?«, wollte sie wissen. Nina überlegte nicht lange. »Danke, mir geht es gut.« Und schickte dann noch eine Sprachnachricht hinterher: »Mir geht es sehr gut! Das hat auch mit diesen Fragen zu tun. Peter hat mir erklärt, dass sie sogar auf das Gehirn einwirken und unsere Gedankengänge positiv verändern. Ich merke das deutlich. Heute kam mir eine neue Frage: Was braucht es, damit ich glücklich bin? Und schon fielen mir ein paar Kleinigkeiten auf, die ich mühelos verändern kann. Wollen wir uns treffen? Klaus ist für ein paar Tage nicht da...«

Es erschien Nina eine Ewigkeit her, seit sie beide im Café gesessen hatten und Beate ihr exakt 10 Minuten zum Jammern gegeben und danach die Frage gestellt hatte: »Was willst du stattdessen?«

»Oh, diese Frage habe ich noch gar nicht aufgeschrieben.« Flugs holte sie ihr Notizbuch heraus und notierte sie. Und als sie ihr Büchlein gerade wieder wegstecken wollte, tauchte wie aus dem Nichts eine weitere Frage auf: »Woher weiß ich, dass dieser Tag wieder ganz besonders wird?«
Das wird ja immer schöner, dachte sie sich und notierte diesen neuen Gedanken gerade noch rechtzeitig, bevor sie aussteigen musste.

Was braucht es damit ich glücklich bin?

8. Gutes Geld

»Die ist für dich«, überreichte Nina ihr die Rose, als sie die Ladentüre hinter sich schloss. »Wie schön, die kommt gleich auf den Altar.« Elvira strahlte, als sie die langstielige, herrlich duftende Rose beschnupperte und dann sorgsam alle Dornen mit den Fingern abbrach, die sie anschließend ins Papier knüllte und in den Müll gab.

Der Altar war Nina noch gar nicht aufgefallen. Ein Jugendstiltisch mit einem goldgewirkten Deckchen. Darauf geschmackvoll Perlenketten, exotische Früchte und eine Vase mit Blumen, die Elvira nun gegen eine langhalsige Kristallvase austauschte, in der die Rose wundervoll zur Geltung kam. »Was ist in der Schatulle?« Ninas Neugierde wuchs. »Du kannst sie gerne öffnen«, lud Elvira sie ein.

Nina traute sich fast nicht, dieses Kleinod in die Hand zu nehmen. Ein Behälter, aufwendig gestaltet mit schwarzem Schellack, in den ein silbernes Ginkgoblatt eingelegt war. Als sie es öffnete, war sie sprachlos. Es quoll über von Geldscheinen.

»Woher weiß ich, dass dieser Tag wieder ganz besonders wird?«, kam Nina sofort in den Sinn. »Das musst du mir bitte erklären«.
Elvira nahm ihr die Schatulle ab, schloss sie bedächtig und begann zu erzählen. Von ihren Erlebnissen in Asien und dass ihr dort immer wieder Altäre aufgefallen waren, für die jede Familie einen Winkel im noch so kleinen Zuhause frei schafft. Darauf kommen Opfergaben, oft in Palmblättern eingebundene kleine Körbchen mit Blüten, Früchten und Süßigkeiten. Manchmal auch eine Tasse Kaffee, Räucherstäbchen und Geld. Dies, um die Götter zu erfreuen und die Dämonen zu besänftigen. Aber auch als Ausdruck der Verbundenheit mit den Ahnen. »Für mich ist es eine schöne, weibliche Art, meine Dankbarkeit auszudrücken für all das Schöne, das mir im Leben begegnet, dass die richtigen Kundinnen den Weg in mein Geschäft finden, dass ich immer auf leichte und angenehme Weise mit schöner Ware versorgt werde.« Sie tippte mit dem Finger auf den Deckel: »Und dass mir stetig Geld zufließt.«

»Ich füttere diese Schatulle täglich mit einem kleinen Teil meiner Einnahmen und freue mich wie ein kleines Kind an diesem Reichtum.« »Aber hast du keine Angst, dass dir jemand das Geld stiehlt oder es ein Einbrecher mitnimmt?«, wollte Nina wissen.

Diesmal verschluckte sich Elvira, als sie gerade an ihrem Kaffee nippte, den sie während ihres Gesprächs in zwei Art Deco-Tassen serviert hatte. Sie lachte, hustete und lachte wieder. »Wie kommst du auf diesen Gedanken? Du hast den Altar doch auch erst gesehen, als ich dich darauf aufmerksam gemacht habe. Das hier ist meins, wie könnte jemand darauf kommen, es sich zu nehmen?« »Aber«, und nun drängte sich Nina eine weitere Frage auf: »Dir wird doch bestimmt ab und zu etwas gestohlen?« Und wieder erklärte Elvira, dass sie alle ihre Ware segne, schon allein, weil sie sich wünschte, dass sie zu den richtigen Kundinnen kam und ihnen dienlich sein sollte. Wenn eine Frau jedoch wirklich meinte, ihr Mangelbewusstsein durch Diebstahl kompensieren zu müssen, sollte auch sie der Segen erreichen, denn »ich möchte nicht, dass sie Karma auf sich lädt.«

»Aber nun an die Arbeit, es gibt genug zu tun.« Nina dekorierte das Schaufenster neu und griff dazu nach Pfauenfedern, die Elvira in dicken Büscheln neben Straußen- und Reiherfedern luftig in einer Vitrine lagerte. Überall Fülle. Überall Wunder. Nina war glücklich.

***

Während sie dekorierte und den Unterhaltungen lauschte, wurde ihr immer klarer: Das, was die Frauen hier kauften, waren keine Kleider, es war die Erlaubnis, sich weiblich zu fühlen, gesehen und begehrt zu werden. Nina, die beim Vermieten schon einen Blick dafür entwickelt hatte, ob wirkliche Interessenten vor ihr standen oder welche, die nur mal die Lage sondieren wollten, erkannte schon am Gangbild, ob eine Frau sich »nur mal umschauen möchte«, oder ob sie bereit ist, der Sehnsucht nach mehr vom Leben Raum zu geben.

Kundinnen kamen und gingen, und immer, wenn ein Kleid, ein Accessoire oder feine Porzellantässchen bezahlt wurden, machte die altmodische Registrierkasse Geräusche, die in Nina Bilder von Tempeln und Klöstern erweckte.

Swing lief im Hintergrund, der Tee wartete in feinen Tassen und Nina überlegte, wie sie an das gestrige Gespräch anknüpfen könnte. Elvira nahm Platz und kicherte, sie wusste, was Nina hören wollte. »Nach fast einem Jahr in verschiedenen Klöstern wollte ich weiterreisen und flog nach Japan. Dort war das Leben deutlich teurer und ich musste meine Reisekasse aufbessern«, setzte Elvira ihre Erzählung vom vorigen Tag fort. Sie berichtete von einer Freundin, die sich in einer Tanzshow gutes Geld verdiente und ihr anbot, dort ebenfalls zu tanzen. »Es war eine einfache Choreografie, wir sollten zu fünft auftreten und immer eine von uns nach vorne zum Bühnenrand kommen und solo tanzen. Ein leichtes Spiel und gutes Geld. Was mir nicht klar war«, fuhr sie fort, »dass wir oben ohne tanzen sollten. Ich schämte mich, aber ich brauchte das Geld.«

»Ich weiß nicht mehr, wie ich diesen Tanz hinter mich brachte, aber ich habe eine bedeutsame Erfahrung gemacht.« Nina hoffte inständig, dass gerade jetzt keine Kundin sich entschloss, den Laden zu betreten.

Elvira räusperte sich, trank einen Schluck Tee und fuhr fort: »Die Tänzerin vor mir schämte sich bestimmt genauso wie ich und beide bekamen wir nur spärlichen Applaus und sahen in gelangweilte Gesichter. Als ich nach meinem Part wieder nach hinten tanzte und die nächste Frau ihren Platz vorn am Bühnenrand einnahm, fing die Energie im Publikum zum Brodeln an. Jubelnder Applaus. Begeisterung. Ich war verwirrt. Was ist das? Was ist hier anders? Auch bei den beiden nächsten Tänzerinnen war für manche Zuschauer fast kein Halten mehr. Meine Neugierde wurde größer als meine Scham.«

Als Elvira gerade ansetzte, weiterzuerzählen, läutete das Telefon. »Nein, bitte nicht«, flehte Nina in Gedanken, doch sie sollte weiter auf die Folter gespannt werden. Als Elvira einige Minuten später aus dem Nebenraum zurückkam, schaute sie Nina mit einem seltsamen, dennoch freundlichen Blick an und sagte: »Liebes, lass uns Schluss machen, ich muss etwas verdauen.«

Was habe ich zu verlieren?

Und was kann ich gewinnen?

9. Kerzen, Swing und Würde

Zehn Minuten später verließ Nina den Laden, die Blumen für ihre neue Glücksecke in der Hand. Sie wollte noch beim Gemüsehändler einkaufen. Beate hatte sich für heute Abend angekündigt. Sie wollten miteinander kochen und Wein genießen.

Mango, Grapefruit, Bananen, Kaki, rotbackige Äpfel, zwei Kiwis... Nina wählte mit Bedacht aus und legte noch Babyspinat, Brokkoli, Staudensellerie und Pilze dazu. Was für ein sinnliches Erlebnis. Zu Hause angekommen verstaute sie ihre Einkäufe, gab die Blumen in eine passende Vase und stellte sie auf den Beistelltisch. Dann ging sie ins Bad und ließ sich Wasser in die Wanne laufen, während sie sich langsam auszog.

Die Frau im Spiegel wurde ihr von Tag zu Tag vertrauter. Schon wollte sie mit den Zehenspitzen die Temperatur des Wassers prüfen, als sie den Fuß zurückzog und ihn wieder abtrocknete.

Sie packte die unansehnliche Shampoo-Flasche und das Duschgel vom Discounter, die am Badewannenrand standen und deren Anblick sie seit Wochen störte, und warf sie in den Mülleimer. Stattdessen holte sie die feine Seife und das Shampoo, die sie von einer Freundin zum Geburtstag geschenkt bekommen hatte, noch original verpackt aus dem Badezimmerschrank. Dazu griff sie sich noch den großen Badeschwamm, der dort seit vielen Monaten traurig und ungenutzt sein Leben fristete.

Nackt, wie sie war, ging sie in das Wohnzimmer, machte Musik, holte zwei Kerzen und Streichhölzer. Wenig später lag sie bei Kerzenlicht und Swingklängen wie Kleopatra in der Wanne.

* * *

Als sie sich gerade genüsslich abtrocknete, läutete das Telefon. Bestimmt ist es Beate, dachte sie und war einigermaßen erstaunt, Klaus am anderen Ende der Leitung zu hören. Offensichtlich hatte auch er nicht damit gerechnet, dass sie um diese Zeit schon zu Hause war und wollte ihr auf Band sprechen. »Wie geht es dir?«, fragte er. »Wann hat mich Klaus das zuletzt gefragt?«, überlegte Nina und antwortete: »Danke, mir geht's gut. Mir geht´s sehr gut.« Das verwirrte Klaus nun noch mehr, denn er kannte seine Frau

in letzter Zeit nur kurz angebunden und gestresst. »Bist du sauer, dass ich noch bei Antony bleibe, die zwei Tage?« »Ganz und gar nicht, ich lasse es mir gut gehen.« Im Hintergrund hörte Klaus Musik. Swing? »Hast du Besuch?« »Nein, aber Beate kommt gleich.« »Dann will ich dich nicht länger aufhalten. Lass es dir gut gehen.« Schwer zu sagen, bei wem der beiden das größere Fragezeichen auftauchte.

Nina trocknete die Badewanne ab, bis sie glänzte und dann auch noch das Waschbecken. Die Hand- und Badetücher gab sie in den Wäschekorb und ersetzte sie durch frische. Gut gelaunt holte sie aus der Küche Früchte, aus dem Schlafzimmer eine Perlenkette und Geld aus dem Portemonnaie und drapierte alles um die Blumen auf dem Beistelltisch. Erst dann zog sie sich an.

Was brauche ich nicht mehr?

Was ist gerade da?

10. Geheimnisse

Die zwei Freundinnen begrüßten sich, Nina nahm Beate den Wein ab und hielt ihr einen Bügel für ihren Mantel entgegen. »Das ist auch noch für dich«, sagte Beate und holte aus ihrer Tasche ein Päckchen mit edlem Konfekt. »Wie schön! Das kommt auf meinen Altar«, freute sich Nina und Beate schaute verdutzt.

»Hast du endlich jemanden gefunden, der bei euch putzt?«, wollte sie wissen. »Nein, leider noch nicht.« Nina blickte sich um und befand, dass es tatsächlich sauber und ordentlich aussah, sauberer und ordentlicher als die letzten Wochen, und dies, obwohl sie die letzten Tage jeweils nur wenig Zeit dafür aufgewendet hatte. Tatsächlich hatte sie sich schon länger geziert, Gäste einzuladen, weil sie keine Kraft hatte, vorher stundenlang Großputz zu machen. »Ich habe einfach jeden Tag ein bisschen was gemacht. Vor allem habe ich viel in den Müll gebracht, was so rumliegt und das mich schon lange gestört hat.«

Während das Essen kochte, schenkten sie sich Wein ein und stießen aufeinander an. »Du siehst gut aus«, meinte Beate. »Irgendwie weicher als neulich.« »Danke, so gut gings mir schon lange nicht mehr. Ich habe so ein Glück zurzeit.« »Weißt du denn jetzt, was du stattdessen willst?«, fragte Beate neugierig nach. »Hm. Konkret noch nicht. Ich weiß, dass ich lebendiger sein möchte, und das bin ich bereits. Und ich bin mir sicher, dass ich nicht mehr als Maklerin arbeiten möchte. Ich könnte mir vorstellen, einen Laden wie Elviras zu führen. Vielleicht sollte ich auch wieder als Innenarchitektin arbeiten.« »Und?«, hakte Beate nach. Nina lachte, denn schon neulich beim Jammern hatte sie ihr die wesentlichen Punkte noch ganz zum Schluss aus der Nase gezogen. »Eigentlich will ich wieder richtig mit Klaus zusammenkommen. Und ich will wieder richtig gut verdienen. Und mich als Frau fühlen und guten Sex haben.«

Ganz unvermutet kullerten ihr Tränen über die Wangen. Beate nahm sie in den Arm, aber da fing Nina an zu weinen und unter Schluchzen bat sie: »Komm mir bitte jetzt nicht mit einer deiner Fragen«.

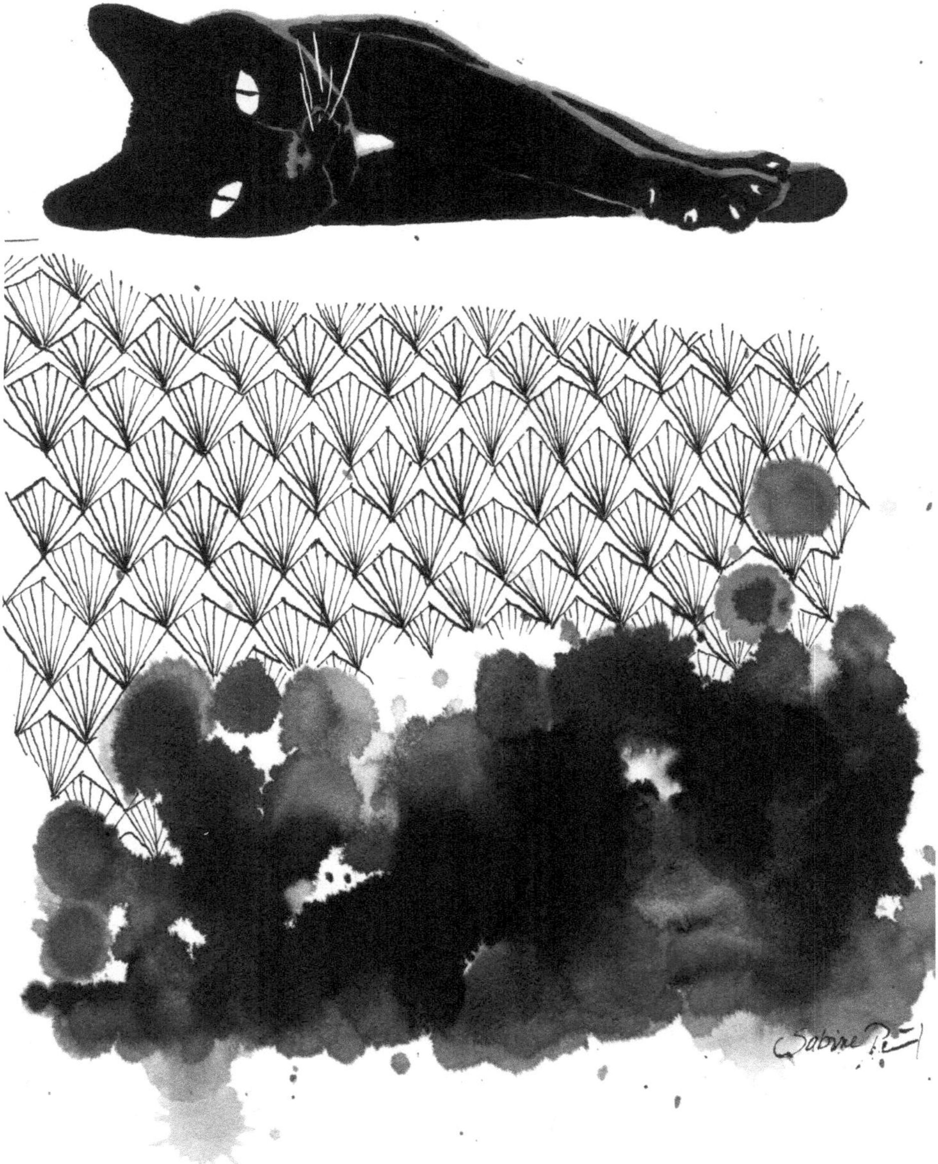

Beate schenkte Wein nach und als Nina sich beruhigt hatte, antwortete sie: »Nein, keine Fragen. Aber wenn du willst, weihe ich dich in ein Geheimnis ein.« Mit Geheimnissen konnte man Nina immer locken, sie war ganz Ohr. Beate räusperte sich: »Seit ein paar Jahren verwöhne ich mich täglich mit Selfpleasuring.« Meinst du »Selbstliebe?«, entgegnete Nina und hoffte insgeheim, dass sich kein Gespräch über Masturbation entwickelte, denn diesem Thema konnte sie herzlich wenig abgewinnen. »Ich schenke mir täglich Zärtlichkeit«, fuhr Beate fort »und ja, das ist Selbstliebe.« »Ich hab's nicht so mit Selbstbefriedigung«, wollte Nina das Gespräch, das eine für sie unangenehme Wendung nahm, abkürzen. Mit einem »Geht mir genauso«, holte Beate ihr Interesse wieder zurück. Nina spürte deutlich, wie reserviert sie reagierte, dennoch siegte ihre Neugierde. Beate fuhr fort: »Es klingt vielleicht doof, aber anfangs habe ich mich sogar von meinen Katzen inspirieren lassen. Sie räkeln sich genüsslich, widmen sich mit Inbrunst ihrer Fellpflege, gähnen schamlos und wenn es ihnen danach ist, machen sie ein Nickerchen.« »Stimmt!«, musste Nina zugeben und dachte an Elvira, wie sie sich ungeniert berührte und ihre Speckröllchen liebkoste.

»Wir gönnen uns nur ab und zu eine Massage und selbst wenn wir einen Partner haben, bekommen wir längst nicht so viele Streicheleinheiten, wie wir brauchen, um uns wohlzufühlen.«

»Da ist etwas Wahres dran«, gab Nina zu und mit einem Seufzen ergänzte sie: »Ich vermisse das so sehr.« Beate bestätigte, dass sie, seitdem sie ihre Energietanks durch ihre tägliche Genusspraxis auflud, sich satt und glücklich fühlte und dies auch ausstrahlte, was Nina nur bestätigen konnte.

Beate nippte an ihrem Wein. »Ist es nicht interessant, dass das Wort Selfpleasuring so freundlich und einladend klingt? Selbstbefriedigung hingegen finde ich abstoßend und es klingt nach freudlosem Gefummel, was es häufig auch ist.« Nun hatte sie Nina auf ihrer Seite: »Oh, für mich hat das auch nicht viel mit Selbstliebe zu tun. Gibt es für Selfpleasuring kein deutsches Wort?«

Die beiden prosteten sich zu und Beate meinte, seit sie für sich herausgefunden hätte, was ihr Genuss bereite, sie dies auch ihrem Partner vermitteln könne und Sex dadurch für beide lustvoller geworden sei. Nina ergänzte mutig: »Im Deutschen sprechen wir auch von Schamhaaren und Schamlippen und arg finde ich auch den Begriff: Brustwarzen. Besonders einladend für sinnliche Berührungen ist das nicht.« »Genau« wurde sie von Beate bestätigt, »ich musste erst lernen, meiner Yoni Wertschätzung zu schenken. Früher habe ich ihr Orgasmen abgenötigt, heute schenkt sie mir Lust«, freute sie sich. »Was mir dabei sehr geholfen hat, ist mein Jade-Ei. Kennst du das nicht?«, fragte sie, als sie Ninas ratloses Gesicht sah. »Ich spreche mit dir jetzt darüber, weil auch mich vor ein paar Jahren eine Freundin darauf aufmerksam machte.« Beate erzählte der erstaunten Nina, dass sie damals die Gelegenheit hatte, ein paar Frauen zu einer Art Tupperparty einzuladen. Nur, dass es dabei nicht um Plastikspielzeug für die

Küche, sondern um Sextoys ging. Dabei kam sie sich unglaublich fortschrittlich und aufgeklärt vor. Es war ein ausgelassener Abend, Alkohol floss reichlich und alle Frauen waren in Kauflaune.

Beate erzählte auch, dass sie einige Frauen mehr eingeladen hatte, die ihr aber mehr oder weniger zaghaft zu verstehen gaben, dass sie sich nicht dafür interessierten. Zwei davon erklärten entrüstet, sie seien verheiratet und bräuchten so etwas nicht... Eine Frau jedoch sagte klipp und klar: »Ich habe nach einem Frauenseminar meiner Yoni versprochen, dass ich sie liebevoll behandle, deshalb werde ich nicht dabei sein, denn Vibratoren und so etwas machen sie taub.«

Beates anfängliche Begeisterung für ihr Sexspielzeug wich einer Ernüchterung, denn sie merkte, dass ihre Vulva von Mal zu Mal unempfindlicher wurde. Was sie jedoch eigentlich erschreckte war, dass sie, je ärgerlicher sie darauf reagierte, wenn sich das gewünschte Ergebnis nicht einstellte, ihre Yoni sich umso trotziger verweigerte.
»Und dann hast du dich mit dieser Frau getroffen?«, wollte Nina wissen. Sie war gespannt und dachte an ihren Busen, für den sie erst vor kurzem wach geworden war und dass auch ihr Schoß in einer Art Dämmerzustand darbte, wurde ihr immer deutlicher bewusst.
»Genau«, fuhr Beate fort. »Sie weihte mich ein, dass im Orient aber auch in Asien Frauen ihre Yoni seit alters her lebendig halten, indem sie einen eiförmigen Halbedelstein, meist aus Jade, in die Scheide einführen.«

Beate lachte, sie wusste bereits um den Einwand, der jetzt kommen würde: »Das Ei wird mit einem Faden verbunden und wie ein Tampon eingeführt. Und das hat auch nicht eigentlich mit Sex zu tun«, fuhr sie fort. »Es ist ein subtiles, erotisches Spiel. Jade ist ein Heilstein und mir kommt es vor, als ob meine Scheide und das Ei miteinander schmusen. Ich habe das Gefühl, dass ich einerseits viel entspannter bin und andererseits meinen Beckenboden damit trainiere.«

»So ein Ei will ich auch!« Nina umarmte ihre Freundin: »Weißt du, dass ich mich noch nie mit einer Freundin über Sex unterhalten habe? Du bist die erste und es tut so gut. Danke!« »Mit Vergnügen!«, lachte Beate und die beiden umarmten sich.

Nina schenkte Wein nach. »Lass uns anstoßen«, meinte sie und ergänzte: »Ich glaube, ich bin auf dem richtigen Weg.« Und dann erzählte sie Beate von ihrem Kleopatrabad, den Blumen, die sie für sich gekauft hatte und deutete auf den Altar auf ihrem Beistelltisch. Beate nickte begeistert und stieß mit ihr an.

Nina erkannte, dass es nicht darum geht, sich zu schminken oder ein schönes Kleid anzuziehen, um sich weiblich zu fühlen. Frausein will gefeiert werden. Erlebt und erforscht werden und dies täglich. Und sie war dafür bereit.

Die beiden verbrachten noch einen vergnüglichen Abend. Nina holte ihr Notizbuch und las Beate die Fragen vor, die sie notiert hatte. Der letzte Eintrag war: »Woher weiß ich, dass dieser Tag wieder ganz besonders wird?«

Obwohl es schon spät war, stellte Nina den Wecker früher als sonst, denn morgen würde sie Larissas Einladung zu einer Probestunde Pilates nachkommen. Diese Gelegenheit wollte sie sich nicht entgehen lassen, denn schon neulich Abend war sie hingerissen von dieser selbstbewussten Frau, die sich so lässig-elegant bewegte, dass sich Nina dabei ertappte, ihr hinterherzuschauen, als Larissa Gläser abräumte und in die Küche brachte. Ihr Gang hatte etwas. »Bestimmt nimmt sich auch Larissa regelmäßig Zeit für Selfpleasuring«, dachte Nina noch, bevor sie einschlief.

Will ich das?

Will ich das wirklich?

11. So viel Potential

»Einatmen – viel Liebe – relax – Ausatmen.« Nina lag auf ihrer Matte inmitten einer Gruppe von fitnessbegeisterten Frauen und lauschte Larissas Ansagen. Sie war schon seit Monaten nicht mehr beim Sport gewesen und diese Stunde schien entspannt zu beginnen.

»Gaaanz langsam, mit Plaisier, alle Muskeln spüren«, Larissas liebenswerte Aussprache, die sie mit einer Mischung aus französischen, italienischen und englischen Begriffen ergänzte, entlockte Nina ein Lächeln, obwohl die Bewegungen, so langsam und mit Bedacht ausgeführt, deutlich intensiver wirkten als sie es kannte. »Den Stretch genießen und immer Happy Thoughts« fuhr sie fort. Eine simple Übung hatte es in sich, bei der sie ihre Schülerinnen abwechselnd die Arme heben und wieder senken und dabei einen Pilatesball über dem Kopf in die andere Hand übergeben ließ. »Nicht mechanisch üben. Muskeltonus. Genießen. Strecken. Spüren.«

»Ist das das Geheimnis?«, fragte sich Nina: »Eine Mischung aus Bedächtigkeit und Entspannung und Bewegungen bis zum Ende auszuführen, statt sie nur anzudeuten. Und alles mit Genuss?«

Die Stunde neigte sich ihrem Ende zu und Nina erwartete das übliche Stretching, Larissa aber zog noch einen für Nina überraschenden Trumpf aus dem Ärmel: »Spots on – Ladies!«, wurden die Teilnehmerinnen aufgefordert, Nina verstand nicht. »Stell dir vor, deine Nippel wären Scheinwerfer«, weihte ihre Nachbarin sie kichernd ein. Die Frauen lachten und dehnten sich genüsslich und brachten ihren Busen sichtbar vergnügt in Positur. Nach einem herzlichen Applaus verließen zweiundzwanzig glückliche Frauen stolz erhobenen Hauptes die Pilatesstunde.

Eigenartig, dachte sie, als sie sich nach der Dusche abtrocknete, dass sie ihre Brüste erst jetzt für sich entdeckte, nachdem ein Gott sei Dank harmloser Knoten sie aufgeweckt hatte. Die Idee mit den Scheinwerfern ließ sie schmunzeln und sie bedankte sich mit einem extra großen Klecks Körperlotion, den sie genüsslich über Dekolleté und Busen verteilte.

Auf dem Weg zu Vintgage-for-You besorgte sie Brot und feine Aufstriche und bekam vom freundlichen Ladenbesitzer noch Käse zum Probieren geschenkt. »Wie geht es noch besser?«, freute sie sich und revanchierte sich mit einem strahlenden Lächeln.

Elvira begrüßte sie und nahm ihr die Besorgungen ab. »Mmhh. Ich habe noch nichts gefrühstückt, ich habe Hunger wie ein Wolf«. Nina war das recht, denn sie hatte vor der Stunde nur für einen Smoothie Zeit gehabt. Während die beiden ihren Hunger stillten, erzählte Nina begeistert darüber, was sie gerade erlebt hatte, und als sie zu den »Scheinwerfern« kam und sich dabei in Positur brachte, lachte Elvira, dass sie sich nur mit Mühe nicht verschluckte und nahm dies zum Anlass, weiter über ihre Oben-Ohne-Erfahrung in Japan zu erzählen.

»Wo waren wir stehengeblieben? Ach ja, wie meine Neugierde darüber, wie diese Tänzerinnen das Publikum zum Tosen brachten, meine Scham überwog.« Elvira brach sich ein Stück Brot ab, stippte es in den Aufstrich und als sie es zum Mund führte, schloss sie genießerisch die Augen und mit einem langen Seufzer fuhr sie fort. Sie holte ein wenig aus und erzählte davon, dass sie von einer buddhistischen Nonne in »Tonglen« unterrichtet wurde. Einer Technik, bei der man sich die Gefühle seiner Mitmenschen wie Wut, Trauer, Sehnsucht oder Ängste vergegenwärtigt und sie im eigenen Geist in freudvolle Energie verwandelt und zurücksendet. »Und das habe ich bei meinen nächsten Auftritten gemacht. Ich sog mit meinem Atem all diese negative Energie ein und verwandelte sie in Freude, Mitgefühl und Liebe«, Elvira schmunzelte verschwörerisch »...und Ekstase.«
Nina war verwirrt. »Wie geht das?«, wollte sie wissen. »Ganz einfach – so, wie du es mir vorhin erzählt hast: Du schaltest deinen Spot an und leuchtest den Raum mit deinem Busen und deinem ganzen Wesen aus und schickst mit jeder Handbewegung Energie wie Blitze durch deine Finger. Du bist ›geladen‹ mit Glückseligkeit.«

Nina war sprachlos, wollte dann aber wissen: »Wie fühlt sich das an?« Elvira lächelte besonnen, »Du fühlst dich wie eine Göttin. Machtvoll und schön. Ein superbes Erlebnis. Und genauso kam es beim Publikum an.«

»Trotzdem, ich würde mich schämen. Ich glaube nicht, dass ich das kann«, meinte Nina und ihre vorher so selbstbewusste Haltung wich zunehmend hängenden Schultern und eingezogener Brust.

»Scham macht uns zu Opfern. Schau dich mal an, vorhin hattest du eine selbstbewusste Aufrichtung und nun, nimm mir das bitte nicht übel, sitzt du da mit einem runden Rücken wie ein Häuflein Elend.« Sie fuhr fort: »Wenn wir uns von der Scham regieren lassen, geben wir die Macht über unser Leben ab. Überlege dir, was hast du zu verlieren?«

Und nach einer längeren, beredten Pause meinte sie: »Und was gewinnen wir? Ich habe einen Göttinenkörper gewonnen.« Und während sie sich mit der für sie typischen Bewegung, die Nina diese Tage schon häufiger aufgefallen war, genüsslich über ihr Haar strich, ihren Busen umfuhr, um dann an ihren Liebesgriffen, wie sie ihre Hüften nannte, zur Ruhe zu kommen, ergänzte sie: »Und genau das will ich auch meinen Kundinnen vermitteln.« Unübersehbar: Der Laden war nun ihre Bühne.

Im Laufe des Tages kamen sie immer wieder auf das Thema zurück und tauschten sich über falsch verstandene Emanzipation aus. Elvira meinte, dass so viele Frauen ihren Körper nicht wirklich bewohnen mit der Konsequenz, dass andere Besitz davon ergreifen und sich bereichern.

Sie kam regelrecht in Rage, als sie über die »Optimierung« durch Silikonbrüste und Schönheitsoperationen sprach: »Unser Busen ernährt längst nicht mehr nur Babys. Was glaubst du, wie viele Männermagazine davon leben, von der Sexbranche ganz zu schweigen. Und schau dir die Werbung an. Mit weiblichen Kurven werden Millionen verdient.« Und traurig ergänzte sie: »Diese gefühllose Optimierung, dieses Zurschaustellen...« Elvira bebte, »diese Sinnentleerung entwürdigt nicht nur uns Frauen – auch die Männer sind letztlich Verlierer in diesem Spiel. Denn indem unsere Sexualität gegen uns verwendet wird, wird sie entwertet und lässt uns leer ausgehen, statt uns zu erfüllen.«

Zu denken gab Nina vor allem die Aussage von Audre Lorde, einer schwarzen, amerikanischen Feministin, die Elvira offensichtlich sehr schätzte. Ihr zufolge sei die Funktion der Erotik die, zu Exzellenz zu ermutigen und uns die nötige Kraft zu geben, sie zu verfolgen.
Für Nina stand längst fest: »Elvira ist ein erotisches Genie.«

Diesmal war Nina froh über jede Kundin, die dieses Gespräch unterbrach, denn sie brauchte Abstand und Zeit, diese Gedanken zu verdauen.

In der U-Bahn auf dem Weg nach Hause schrieb sie in ihr Notizbuch eine weitere Frage: Welche Körperteile wollen mehr Aufmerksamkeit von mir?

Für morgen hatte sie sich freigenommen, Klaus würde spätnachmittags zurück aus London kommen und sie wollte bis dahin Zeit für sich haben. So viele Eindrücke wollen verarbeitet werden.

Die langsamen, bedächtigen Bewegungen in der Pilatesstunde hatten sie nachhaltig beeindruckt. So wie sie sich bisher eingecremt hatte, kam ihr nun beiläufig und banal vor. Sie verstand, »Nur wenn ich das Tempo drossle, versteht mein Busen, dass er gemeint ist.« Je langsamer sie sich abtrocknete, ihr Haar kämmte, sich eincremte, umso mehr öffnete sie sich nicht nur für ihre Sinnlichkeit, sie war mit ihrem Herzen dabei. Zuletzt als kleines Mädchen hatte sie sich erlaubt, sich so zu berühren, wie es sich wohl anfühlte. Wann und warum war ihr das abhandengekommen?

Heute würde sie früh schlafen gehen, vorher aber wollte sie Klaus noch um einen Gefallen bitten. Rasch tippte sie in ihr Handy, dass sie sich auf seine Rückkehr freute und bat ihn, ihr ein Parfum mitzubringen. Sie schrieb ihm, dass sie morgen gerne mit ihm essen gehen wollte und ihm etwas Wichtiges mitzuteilen hätte.

Obwohl sie unglaublich müde war, ließ sie voller Dankbarkeit nochmal all die wundervollen Erfahrungen dieser Woche Revue passieren. Sie hat so viele Dinge anders oder sogar zum ersten Mal in ihrem Leben gemacht.

Welche Körperteile wollen mehr Aufmerksamkeit von mir?

12. Nett sein hilft nicht

Nina war wie gerädert. Ein Traum ließ sie gegen fünf Uhr morgens hochschrecken und ihre Bettdecke in Rage von sich schleudern. »Braves Mädchen« hallte es in ihr nach und diesem braven Mädchen würde sie die Tür weisen. Wutentbrannt stieg sie aus dem Bett und gab der Decke auf dem Boden einen kräftigen Fußtritt. Sie ging ins Bad und streckte ihrem Spiegelbild die Zunge raus und stellte sich unter die Dusche. Noch nie im Leben hatte sie sich kalt geduscht, von wenigen Ausnahmen abgesehen, etwa nach einem Saunabesuch oder unfreiwillig als kleines Mädchen bei Verwandten auf dem Land.

Als sie sich abtrocknete, bereute sie es, dass alle ihre Dusch- und Handtücher flauschig weich waren. Ihre Haut prickelte nach dem ungewöhnlichen Duscherlebnis und ein kratziges, raues Badetuch wäre jetzt die Krönung gewesen. Nina zog sich an, steckte ihr Portemonnaie und ihren Schlüssel ein und zog die Tür ins Schloss.

Draußen war es noch stockdunkel. In ihrem Steppmantel fühlte sie sich mollig warm, nur ihre Füße waren kalt, aber das würde sich schnell ändern, denn ihr war nach allem anderen als nach Langsamkeit zumute. Fast im Laufschritt ging sie die Straße entlang, der nah gelegene Stadtpark war ihr Ziel. Einer mahnenden Stimme, dass man als Frau in der Dunkelheit..., gab sie energisch Kontra, kein Mensch würde es jetzt wagen, sich ihr in den Weg zu stellen.

Erinnerungsfetzen an den Traum dieser Nacht kamen hoch: Bilder ihres Kinderzimmers, in dem sie ihrer Puppe erklärte: »Wenn du lieb bist, darfst du dein neues, schönes Kleid anziehen.« Eine Erinnerung an ihre Mutter, die ihr Tränen aus dem Gesicht wischte und sie anhielt zu lächeln: »Du siehst dann viel hübscher aus.« Oder ihr Vater, der sie mahnte, immer fleißig zu lernen, denn gute Zensuren wären ihm sehr wichtig. Szenen, in denen sie artig die Hand geben musste, wenn die Eltern Kaffeebesuch hatten.
Nina wachte schweißgebadet auf, als »Nett zu sein« ihr nichts half, um sich gegen den aufdringlichen Hausmeister zu wehren. Sie war ein liebes Mädchen. Brav. Artig. Angepasst.

»Was sollen die Nachbarn von uns denken...«, war der Leitsatz ihrer Mutter und Nina kochte vor Wut, als ihr bewusst wurde, dass auch sie ihr Leben danach ausgerichtet hatte, was andere über sie dachten. Und sie war wütend darüber, dass sie ihre Wut und ihre Gefühle unter dem Deckmantel der Beherrschtheit erstickt und sich damit, ohne es zu merken, von ihrer Lebendigkeit abgeschnitten hatte. Es gab ihr einen Stich, als ihr klar wurde, dass ihr gesamtes Leben andere über ihren Körper bestimmt hatten, bis hin zu ihrer Frauenärztin, die sie, statt sie zu beruhigen, anherrschte, warum sie ihren Busen nicht regelmäßig abtastete. Warum eigentlich hatte sie nie die Praxis gewechselt? Warum ließ sie sich so viel gefallen? So viel über sich ergehen?
Jetzt aber fühlte sie sich stark, sie genoss ihren Ausbruch, der dramaturgisch perfekt in Szene gesetzt wurde durch die Atemwölkchen, mit denen sie an diesem frostigen Wintermorgen Dampf abließ.

Elvira kam ihr in den Sinn, die zur Lebenskünstlerin geworden war, indem sie sich ihrem Vater widersetzt und ihr Studium abgebrochen hatte und ihrer Reiselust gefolgt war. Eine Frau, die Verantwortung für ihr Leben übernommen hat. Nina hingegen, und das war schmerzlich, sich einzugestehen, hatte es allen recht gemacht, um Liebe zu erfahren. Sich selbst aber und ihre Bedürfnisse hatte sie hintangestellt.

Ihre Wut ging immer mehr in eine Traurigkeit über, vor allem, als ihr bewusst wurde, dass sie nicht nur andere für ihr Glücklichsein verantwortlich machte, sondern ihnen auch die Schuld an ihrer Unerfülltheit gab. Früher ihrer

Mutter, dann Frau Sandt und in den letzten Jahren immer mehr Klaus.

Sie hatte sich etwas vorgemacht. Statt der emanzipierten, erfolgreichen, lebenserfahrenen Frau, als die sie sich nach außen hin gab, saß nach wie vor dieses kleine verängstigte Mädchen am Steuer auf der Suche nach Liebe und Anerkennung.

Ein tiefer Seufzer machte sich Luft und mit ihm ein Entschluss aus der Tiefe ihrer Seele: Sie würde kein »Nice girl« mehr sein. Die Zeit, in der sie es allen recht gemacht hatte, gehörte nun der Vergangenheit an.

Ihre gute Laune kam zurück und mit ihr auch der Hunger. In einer Bäckerei versorgte sie sich mit Croissant und frischem Brot und auf dem Weg nach Hause summte sie vergnügt vor sich hin, denn sie wusste, was sie jetzt zu tun hatte.

* * *

Zuhause angekommen kochte sie sich starken Kaffee, bestrich ihr Croissant dick mit Butter und einem Klecks Orangenmarmelade. Neben ihr lag ihr Notizbuch und während sie frühstückte, listete sie alles auf, was sie sich ihr ganzes Leben lang nicht getraut hatte: Dass sie sich mit 19 Jahren versagt hatte, nach Frankreich als Au Pair zu gehen, um ihren damaligen Freund nicht zu brüskieren, und in der Zeile darunter, dass sie sich als Einzige ihrer Clique keine Ohrlöcher stechen ließ, warum, wusste sie gar nicht mehr.

Sie schrieb auf, wovor sie Angst hatte: mit einer Achterbahn zu fahren oder allein zu verreisen und dass sie sich nicht traute, die hässliche Vase in den Müll zu werfen, die sie vor Jahren von ihrer Schwiegermutter zum Geburtstag bekommen hatte.
Die Liste wurde länger und länger und mit jeder Zeile wuchs Ninas Mut: Dem Gedanken an ein Tantra Seminar hatte sie sich ebenso verwehrt, und einen Swingerklub zu besuchen »ging gar nicht«. Auch das »Oben-ohne-Tanzen«, mit dem sie Elvira konfrontierte, bekam eine eigene Zeile in ihrer Aufzählung all der Dinge, die nicht sein dürfen. Sie brühte sich eine weitere Tasse Kaffee und war bereit für ein abschließendes »No Go«. Nina bekam Gänsehaut über ihre Entschlossenheit, mit der sie der Auflistung noch einen letzten Punkt hinzufügte: »Dass Klaus sich von mir trennt.« Sie schluckte schwer. Was sie aber vollends verblüffte, war, dass sich noch ein allerletzter Punkt Bahn brach: »Dass ich mich von Klaus trenne.«

Bis zum Hals spürte sie ihr Herz klopfen, denn sie wusste, dass sie dabei war, eine Türe zu öffnen zu einem Raum, den sie nur als erwachsene Frau betreten konnte. Nina fror, sie holte sich eine Decke, nahm ihr Büchlein, kuschelte sich auf die Couch und war unschlüssig, was sie von dieser Aktion halten sollte. Vor allem dieser letzte Punkt, der so unerwartet zum Ausdruck gebracht werden wollte.

Es war die Angst vor der Einsamkeit, aus der sie es sich versagt hatte, auch nur daran zu denken, sich von Klaus zu trennen. Und genau das erschien ihr nun so absurd, denn was könnte schlimmer sein, als zu zweit einsam zu sein? Sich in der gemeinsamen Wohnung aus dem Weg zu gehen. Augenkontakt zu vermeiden. Nähe hauptsächlich über Streit und gegenseitige Vorwürfe zuzulassen. Kompromisse einzugehen, bis hin zum gelegentlichen Sex, und dabei das Gefühl zu haben, nicht gemeint zu sein.

Draußen wurde es langsam hell. Obwohl sie sich vor drei Stunden kalt geduscht hatte – jetzt brauchte sie die tröstende Wärme ihrer Badewanne. Woher kam dieser plötzliche Impuls, sich auf diese Weise ihren Ängsten zu stellen und vor allem: »Was soll jetzt mit der Liste geschehen?« Sollte sie etwa Punkt für Punkt abarbeiten? Die Idee, die Vase krachend in den Müll zu werfen, ließ sie kurz auflachen, aber all die anderen Punkte? Nein, Trotz konnte nicht die Lösung sein. Sie schüttelte den Kopf darüber, als die Erkenntnis hoch ploppte, dass sie jeder Punkt Energie gekostet hatte. Tag für Tag. Denn indem sie sich gegen all die Dinge verwehrte, verbrachte sie ihr Leben unbewusst im Widerstand. Sie hielt sich die Nase zu und tauchte mit dem Gesicht unter, so wie sie es zuletzt als Kind gemacht hatte. Als sie prustend wieder auftauchte, wusste sie, was es jetzt brauchte: Mut.

Diese Woche war verrückt. Die seltsamsten Geschichten erzählt das Leben, sagt man. Jeder einzelne der letzten Tage hatte etwas von einem bizarren Traum, aber was nun geschah, lag außerhalb ihrer Vorstellungskraft. Sie schlüpfte in ihren Bademantel, ein Handtuch wand sie als Turban um ihre nassen Haare und nahm Position vor ihrem Badezimmerspiegel ein. Sie war bereit.

»Ich erlaube mir den Gedanken«, räusperte sie sich und las laut den ersten Punkt aus ihrer Liste vor. »Ich erlaube mir, den Gedanken zu denken, allein in Urlaub zu fahren.« Sie nahm einen tiefen Atemzug und fuhr fort, sich Punkt für Punkt zu genehmigen. Langsam, bedächtig. So, dass die Botschaft in ihrem Körper ankam. Sie kam in Fahrt, als sie bei der Vase anlangte. Auch den Gedanken, sich Ohrlöcher stechen zu lassen, fand sie nicht mehr abwegig. Bei den fordernden Punkten jedoch versicherte sie sich: »Das bedeutet schließlich nicht, dass ich das auch tun muss...«. Sie fuhr fort, sich Punkt für Punkt zu erlauben und auch die Idee mit dem Tantra Seminar kam ihr längst nicht mehr so befremdlich vor. Sie gestand sich sogar ein, dass dieser Punkt in der Vergangenheit durchaus einen Reiz auf sie ausgeübt hatte...
Von Zeile zu Zeile fühlte sie sich befreiter. »Gähnen, ohne die Hand vorzuhalten, das habe ich vergessen«, grinste sie und rollte behaglich mit den Schultern, als sie sich genau dies ausgiebig und genüsslich erlaubte. Unartig zu sein fühlte sich sensationell an. Nun war sie bereit, sich den wirklich herausfordernden Punkten zu widmen. »Ich erlaube mir den Gedanken, dass Klaus sich von mir trennt.« Nina sah im Spiegelbild eine Königin. Eine befreite Frau. Und mit dieser Haltung deklamierte sie auch den letzten Satz auf ihrer Liste: »Ich erlaube mir, mich von Klaus zu trennen.« Ein Beben ging durch ihren Körper.

Nina schmiegte sich in ihre Decke und streckte sich genüsslich auf ihrer Couch aus. »Wie bei einem Fohlen, das auf die Weide gelassen wird«, kicherte sie, als ein weiteres Zittern und Beben ihren Körper durchzuckte. Nina gab sich diesem ungewohnt befreienden Gefühl hin, das von solch köstlichen körperlichen Wonneschauern begleitet wurde. Energie, die sie jahrelang für Festhalten, Klammern und Widerstand aufgebracht hatte, transformierte sich in ein lustvolles Ganzkörpererlebnis, das sie für ihren Mut, sich verletzlich zu zeigen, als Geschenk empfangen durfte.

Den restlichen Vormittag verbrachte Nina damit, die Wohnung aufzuräumen, die Betten neu zu beziehen und ihre Gedanken währenddessen zu sortieren.

Was erlaubst du dir?

13. Einen Prosecco bitte

Innerhalb von nur sechs Tagen hatte sich ihre Welt gedreht. Statt in ein Loch zu fallen, weil ihr die Geschäftsgrundlage von jetzt auf gleich entzogen worden war, hatte sie sich neu erfunden – so zumindest kam es ihr vor. Wie auf einem Silbertablett wurden ihr neue Freunde, Inspirationen und Möglichkeiten gereicht und sie hatte ohne zu zögern zugegriffen. Klaus, den sie am frühen Abend zurück aus London erwartete, würde nicht mehr die Frau vorfinden, von der er sich in den letzten beiden Jahren immer weniger angezogen und gesehen fühlte. Ihre Ehe hatte mehr und mehr Züge einer Wohngemeinschaft angenommen mit gelegentlichem Sex, der die Bezeichnung Liebesspiel längst nicht mehr verdiente. Und daran wollte Nina auf keinen Fall anknüpfen.

Nina holte ihr Handy aus der Tasche und schrieb ihrem Mann eine SMS. Sie folgte ihrer Eingebung, sich mit ihm in einem schicken Restaurant zu treffen. Auf neutralem Boden quasi. Denn auf ein »so wie bisher« hatte Nina keine Lust mehr. Ihr war bewusst, wenn sich auch in ihrer Beziehung etwas ändern sollte, muss sie ein paar Dinge anders tun und eine »Verabredung« mit dem eigenen Mann wäre dazu ein geeigneter Start. Außerdem war sie neugierig darauf, ob sie sich nicht neu in ihn verlieben könnte. Falls nicht, schmunzelte sie, hatte sie sich schließlich bereits den Gedanken erlaubt, sich von Klaus zu trennen.

Bevor Nina das Haus verließ, um für das Wochenende einzukaufen, notierte sie eine weitere Frage in ihr Buch: »Wie soll mein Leben aussehen?«
Die Antworten, so wusste sie mittlerweile, würde sie sich auf diese Fragen nicht selbst geben müssen. Sie würden ihr zufliegen.

In einer Stunde würde das Flugzeug landen, sie hätte also noch gute neunzig Minuten Zeit, rechnete sie. Nina überlegte, das Kleid anzuziehen, das sie an ihrem ersten Tag im Vintage-for-You gekauft hatte, wählte dann jedoch ein schlichtes, dunkelblaues, enganliegendes Etuikleid. Im Bad strich sie sich wohlwollend über ihre Haare, ihren Busen und stemmte die Hände in die Taille: Sie gefiel sich. Ein dezentes Make-up und ein Hauch Parfum. Aus dem Wohnzimmer klang Swing. Als sie Schuhe und Mantel anzog, klopfte ihr Herz: »Wie bei einem Rendezvous«, freute sie sich und zog die Tür ins Schloss.

Nina saß an der Bar und studierte ihr Notizbuch. Am reservierten Tisch zu warten, war ihr zu undynamisch.

Sabine Paul 2020

Der Barmann schenkte ihr ein Glas Prosecco ein, Klaus schrieb, dass er sich 20 Minuten verspäte, und hängte an die Nachricht, für ihn untypisch, noch ein Smiley an. Dieser Mann, der ihr mit seinem Seitensprung vor knapp einem Jahr eine solch bittere Kröte zu schlucken gegeben hatte, schickte nun einen Kussmund. Seine Untreue kam ihr mittlerweile vor wie bittere Medizin, die sie sich geweigert hatte, zu schlucken. Rache, Wut, Eifersucht, Zorn, dann wieder depressive Phasen, Flucht in ihre Arbeit, nichts davon hatte ihr dabei geholfen, zu vergessen oder gar zu vergeben. Sein Eingeständnis kam so unerwartet damals, wie eine Ohrfeige aus heiterem Himmel. Nur, dass der Himmel schon länger nicht mehr heiter war und sie dies nicht bemerkte. Nicht bemerken wollte.

Sie hatten sich vor zwanzig Jahren verliebt und Nina wusste, dass sie in Klaus ihren Seelenpartner gefunden hatte. Kinder waren nie ein Thema für sie beide. Als begeisterte Taucher und Segler bereisten sie oft wochenlang traumhafte Inseln und Küstenstriche, bis, ja, bis ihr Ehrgeiz, sich beruflich weiterzuentwickeln, ihnen nach und nach immer weniger Freiraum für gemeinsame Reisen ließ. An den Abenden schlich sich Müdigkeit ein und ihr Interesse aneinander wich dem Fernsehprogramm. Als Nina immer häufiger auch abends arbeitete, ging Klaus zum Sport...

Es war nicht nur seine kurze Romanze, die ihr seit Monaten quer lag. Es war auch Neid, und das wollte sich sie sich lange nicht eingestehen: Nina kam gar nicht auf die Idee, sich außerhalb ihrer Ehe auf ein sexuelles Abenteuer einzulassen. Ihr einseitiges Verständnis von Treue, das ihr Mann nicht teilte, ließ diesen Gedanken überhaupt nicht zu. Und als sie nach einer ihrer anstrengenden Diskussio-

nen mit Klaus ihre Ansichten über ihre Werte überprüfte und feststellte, dass sie den Begriff Treue unhinterfragt für sich übernommen hatte, — von wem eigentlich? — kam sie sich so wertlos und unattraktiv vor, dass sich ein Gedanke an eine Affäre für sie erübrigte.
Bis vor einer Woche hatte sie sich für »so etwas« nicht gut genug gefunden. Nina lächelte, nahm ihr Glas und schluckte entschlossen den Rest der Medizin – nur, dass sie diesmal nicht bitter, sondern vielversprechend schmeckte.

Der Ober nahm Mantel und Trolley in Empfang, Klaus schaute sich suchend um. Er hatte nicht erwartet, seine Frau an der Bar sitzen zu sehen. Seit ihrem Telefonat vor ein paar Tagen beschlichen ihn gemischte Gefühle und als Nina ihm andeutete, dass sie ihm etwas Wichtiges zu sagen hätte, war es für ihn naheliegend, dass es um ihre Beziehung ginge. Er wollte sich nicht von Nina trennen, die Tage in London jedoch gaben ihm Abstand genug, sich in ihre Lage zu versetzen. Er konnte es ihr nicht verübeln, wenn sie ihre Konsequenzen ziehen würde. Andererseits verwirrte ihn die Bitte, ihr ein Parfum mitzubringen, die ihn überraschend freudig stimmte. Er mochte diese Frau. Und als er sie so, mit dem Rücken zu ihm, ein Glas Sekt trinken sah, erinnerte ihre Erscheinung ihn so gar nicht mehr an die letzten Monate, in denen sie ihm einfach nur leidgetan hatte.

Als er auf sie zuging, war er sich noch unschlüssig, wie er sie begrüßen sollte. Dann aber legte er seinen Arm um sie und küsste sie auf die Wange.

...von wem eigentlich?

14. Erwachen und Erwecken

»Ich habe dir etwas Wichtiges mitzuteilen«, setzte Nina an, nachdem der Ober die Vorspeisenteller abgeräumt hatte. »Um genau zu sein, sind es drei wichtige Dinge, die ich dir zu sagen habe.« Klaus atmete tief und schaute sie aufmerksam an. Er reagierte sichtbar betroffen, als Nina ihm von der Biopsie erzählte und vor allem, dass sie sich nicht in der Lage gesehen hatte, mit ihm darüber zu sprechen. »Auch, wenn das Ergebnis gut ausfiel, hat das dazu geführt, dass ich den Entschluss gefasst habe, einige Dinge in meinem Leben zu ändern.« Ihr Mann, der gerade in Versuchung kam, empört darauf zu reagieren, dass sie ihn nicht ins Vertrauen gezogen hatte, war überrumpelt. Würde sie jetzt von ihm verlangen, auszuziehen, so wie es seinem Freund passiert war?

»Warte bitte.« Klaus kämpfte dagegen an, ins Selbstmitleid zu verfallen. »Ich brauche etwas zu trinken. Das muss ich erst verdauen.« Nina schossen Tränen in die Augen, als sie spürte, dass ihr nach langer Zeit wieder ihr Seelenpartner gegenübersaß, ein erwachsener Mann, der sich in dieser Situation nicht von dem kleinen, beleidigten Jungen in ihm beherrschen lassen wollte. Sie schluckte und wollte gerade ansetzen, ihm die nächste Neuigkeit mitzuteilen, als die Bedienung den zweiten Gang servierte.

Während sie mit Getränken versorgt wurden und der Duft frisch geriebener Trüffel auf der Pasta ihren Appetit anregte, blitzte in Nina ein Gedanke auf: »Was wäre, wenn ich nicht verlieren könnte?« Nina war in den letzten Tagen deutlich über sich hinausgewachsen. Sie hatte täglich erlebt: Wenn sie sich über ihre Komfortzone hinausbewegte und ihren Impulsen folgte, erwies sich alles nicht nur als viel leichter, sondern vor allem auch als heilsam für sie. Es kam ihr geradezu verrückt vor, als sie an ihr Leben »vorher« dachte, in dem sie sich oft genug verbogen und Dinge getan hatte, die sie nicht tun wollte, die sie krank machten und im Mangel festhielten.

»Was wäre, wenn ich nicht verlieren könnte?«, bedeutete, dass sie in diesem Spiel – und so kam ihr ihr Leben immer mehr vor –, aufs Ganze gehen würde. Sie fühlte sich wie eine Königin und sie wollte einen König an ihrer Seite haben. Voller Einsatz bedeutet auch, sich die Erlaubnis zu geben, dass es gründlich schieflaufen kann. Wenn dieser Mann, der ihr gerade gegenübersaß, nicht bereit war, sein Zepter in die Hand zu nehmen, konnte ihn die andere haben.

Sabine P—L 2020

Während er seine Linguine auf die Gabel wickelte, betrachtete Klaus seine Frau. Sie zeigte sich von einer Seite, die ihn an die Anfänge ihrer Liebe erinnerte. Ihren Mut und ihrer Entschlossenheit, mit der sie auf herausfordernde Situationen reagierte, hatte er früher an ihr bewundert.

»Du erinnerst mich an unsere ersten Jahre. Hast du jemanden kennengelernt?« Klaus schluckte und schickte hinterher: »Ich könnte dir das nicht verübeln.«
Nina nahm seine Hand, drückte sie und war selbst überrascht von ihren Worten: »Es war eine bittere, aber heilsame Medizin für mich, dass du mit Andrea geschlafen hast. Auch wenn es für mich schmerzhaft war, es hat mich aus einem Dornröschenschlaf geweckt. Mittlerweile bin ich dankbar, denn ich glaube, dass auch du von diesem Intermezzo«, Nina wusste nicht recht, wie sie es beim Namen nennen sollte, »dass auch du dieses Intermezzo gebraucht hast.«
Nina griff nach ihrem Weinglas, ließ es dann aber stehen und fuhr fort: »Und ja, ich habe jemanden kennengelernt.«

Eigentlich hatte Nina sich darauf eingestellt, ihm von Elvira zu erzählen, von Larissa und ihren Gesprächen mit Beate. Durch seine Frage wurde ihr jedoch erst bewusst, dass sie sich selbst kennengelernt hat.

Sie waren die letzten Gäste und nachdem weder Klaus noch Nina zur Kenntnis genommen hatten, dass der Ober bereits geräuschvoll die Tische für den nächsten Tag eindeckte, kam der Geschäftsführer mit zwei Glas Champagner »aufs Haus« und fragte diskret, ob man die Rechnung bringen dürfte.

Wenngleich Nina deutlich mehr zu erzählen hatte, brachte auch Klaus Neuigkeiten mit aus London.

Was wäre, wenn ich nicht
verlieren könnte?

15. Nie wieder

»Ich möchte, dass du meinen Busen hältst.« Es war bereits nach zehn Uhr, als sie aneinander gekuschelt wach wurden. Nina war noch nicht bereit, mit Klaus zu schlafen. Das hatte Zeit. Als Klaus nicht reagierte, zog Nina ihr Nachthemd aus, setzte sich mit blankem Busen vor ihn und wiederholte ihre Bitte: »Ich wünsche mir von dir, dass du meinen Busen hältst.« Als ihr klar wurde, dass diese ungewohnte Bitte ihn ratlos machte, dirigierte sie ihn in eine bequeme Sitzposition und lehnte sich mit dem Rücken gegen seinen Bauch.

Es dauerte ein wenig, bis Klaus verstand, dass »einfach nur die Hände auflegen« genug ist und er nicht mehr das Gefühl hatte, etwas tun zu müssen. Nina entspannte sich und war neugierig: »Erzähl weiter.« Während ihres Restaurantbesuchs hatte er sie damit überrascht, dass er in London meditiert hatte. Antony, sein langjähriger Freund hatte ihn dazu animiert. Und mehr noch. Sie hatten sich lange und ausführlich über Tantra unterhalten. Nina konnte sich noch gut erinnern, dass Klaus diese Ideen immer abwegig gefunden hatte und nie hätte sie gedacht, dass er sich dafür interessieren würde.

»Das nennt man Synchronizität, glaube ich, denn ich habe mich vorgestern auch mit Tantra beschäftigt«, und sie erzählte ihm von ihrer No-Go-Liste und wie sie sich Punkt für Punkt erlaubt hatte. Sie überlegte kurz, ob sie ihm die beiden letzten Punkte verheimlichen sollte, fasste dann aber Mut: »Ich habe mir sogar den Gedanken erlaubt, dass du dich von mir trennst – und…« sie wartete einen Moment und fuhrt fort: »Und dass ich mir erlaube, mich von dir zu trennen.«

Klaus ließ ihren Busen los und umarmte sie. »Wirklich?«, seine Stimme klang besorgt und er drückte sie liebevoll an sich. Er konnte Ninas Herzschlag spüren. Mit dem Rücken an ihn geschmiegt konnte sie nicht sehen, dass er Tränen in den Augen hatte. Mit einem Seufzer, der seiner Brust entwich, sagte er: »Ich war dumm!«

Nina merkte es daran, wie sehr sie die letzten Tage gewachsen war, weil sie innerlich nicht zurückwich, wie sie es sonst gewohnt war, wenn ihr etwas zu nahekam. Sie drehte sich zu ihm um, sah ihm in die Augen und mit einem »Pssst«, legte sie ihren Finger auf seine Lippen und küsste ihn zärtlich.

Mit einem: »Aber jetzt lass uns Frühstück machen, ich habe Hunger«, zog sie ihn aus dem Bett.

* * *

Während Klaus in der Küche hantierte, stand Nina nackt vor dem Badezimmerspiegel. Versonnen glitten ihre Finger durch ihr nun wieder leicht lockiges Schamhaar. Sie liebte es, mit ihren Haaren zu spielen und es gab ihr einen Stich, als sie sich daran erinnerte, wie sie sich vor etwa drei Monaten überwunden und einen Termin in einem Waxing Institut vereinbart hatte. Brasilian. Sie wusste, dass Klaus dies gefiel und sie wusste, dass Andrea sich rasierte. »Alles weg?«, fragte die quirlige Italienerin. »Ist es das erste Mal?«, wollte sie weiter wissen, als sie versiert und deutlich schmerzloser als Nina befürchtete, heißes Wachs auftrug und mit einem »Einatmen – und jetzt fest Ausatmen!«, Streifen für Streifen mit einem Ruck abriss. Rosalia wusste, wie sie ihren Kundinnen die Befangenheit nehmen konnte, indem sie abwechselnd von italienischer Küche und wehleidigen Männern plauderte, die sich von ihr die Brusthaare entfernen ließen und längst nicht so tapfer waren wie »ihre« Frauen. Nur als sie beim letzten

Streifen augenzwinkernd fragte: »Ein neuer Mann im Leben?«, stöhnte Nina schmerzhaft auf.

Unmittelbar danach fühlte sie sich wund wie ein gerupftes Huhn. Als sie sich zu Hause nackt im Spiegel besah, wusste sie nicht, worüber sie sich mehr schämen sollte – darüber, dass ihre Scham aussah wie die eines kleinen Mädchens oder dass sie sich selbst verraten hatte.

Nina seufzte, und als sie ihr Haar streichelte. Nie wieder, so schwor sie sich, würde sie sich beschneiden, bescheiden oder verbiegen.

Klaus hatte zwischenzeitlich den Tisch gedeckt. Es roch köstlich nach frischem Kaffee und Rühreiern. Er legte die LP auf den Plattenspieler. »Swing. Hast du die aus dem Laden, von dem du mir erzählt hast? Gefällt mir«, meinte er munter, und schnitt eine Grapefruit in zwei Hälften. Nina lachte unbekümmert, als er sie dabei mit dem Saft der Frucht bespritzte. Sie frühstückten ausgiebig und Nina erzählte ihm von Elvira und von ihren Erfahrungen in Asien und sie amüsierten sich beide über die Episode in Japan, als Elvira ihren Göttinenkörper entdeckt hatte.

Er genoss es, seine Frau so unbefangen plaudern zu sehen. Ihre Körpersprache hatte sich verändert gegenüber den letzten Jahren, in denen ihre Gesten eher verhalten waren. Klaus musste sich eingestehen, dass es bei ihm wohl nicht anders war und er sich häufig selbst hölzern vorkam, und selbst wenn er sich nach Zärtlichkeit sehnte, dies nicht natürlich zum Ausdruck bringen konnte. Wahrscheinlich haben wir uns nur gespiegelt, kam ihm in den Sinn.

»Was ist mit dir?«, wollte Nina wissen, der es nicht entgangen war, dass Klaus so ruhig war und nach einer langen Atempause bekam sie zur Antwort: »Ich frage mich, wann wir aus der Freude gefallen sind.«

* * *

Sie nutzten das herrliche Wetter an diesem Sonntag für einen Spaziergang. Dabei wandten sie sich auch ganz praktischen Überlegungen zu: »Hast du eine Idee, was du jetzt beruflich machen willst?«, wollte Klaus wissen und meinte, dass Nina sich Zeit lassen sollte und wenn es ihr so viel Freude bereite, könne sie auch weiterhin im Laden arbeiten, wenngleich er seine Frau kannte und wusste, dass sie davon auf Dauer unterfordert sein würde.

»Ich kann es noch nicht ganz greifen«, meinte sie. »Ich könnte mir vorstellen, wieder als Innenarchitektin tätig zu sein, aber anders als früher.« Ähnlich wie Elvira die Ware segnete, die sie im Laden zum Verkauf anbot, behandelte Nina Wohnaccessoires. Sie hatte ein sicheres Gespür für Arrangements und war der Überzeugung: Möbel wollen mit ihren Benutzern kommunizieren und nicht nur dekorativ abgestellt werden. Die Ausrichtung eines Schreibtisches etwa kann über Erfolg oder Misserfolg entscheiden, der richtige Platz eines Sofas eine Beziehung unterstützen und der sprichwörtliche Tapetenwechsel frischen Wind in eingefahrene Beziehungen bringen. In ihrem eigenen Zuhause hatte sie dieses Wissen vernachlässigt. Wie innen, so außen kam ihr in den Sinn, diesen Zusammenhängen würde sie die nächsten Tage nachgehen.

An diesem Sonntagabend gingen sie müde und früher als üblich ins Bett. Schlaf würde ihre Gedanken klären und ihnen Zeit geben, die exquisiten, feinen Veränderungen in ihrer Beziehung zu integrieren. Außerdem würde am nächsten Morgen wieder sehr früh ein vorbestelltes Taxi auf Klaus warten, um ihn zum Flughafen zu bringen.

Was wünscht du dir?

16. Gertrud

Es war einer dieser ungastlichen Wintertage – weder kalt noch warm. Die Wolken hingen tief und es ging ein stürmischer Wind. Nina hatte keine Lust, das Bett zu verlassen. Kalt duschen? Dieser Gedanke kam ihr geradezu abwegig vor. Sie hatte Kopfschmerzen und eine Tasse mit starkem Kaffee war das einzige Argument, sich aus dem Bett zu bewegen. Sie kam sich wie gerädert vor und anders als die letzten Tage hatte sie für die Frau im Badezimmerspiegel keine freundlichen Gedanken. Als sie Klaus' ungewaschene Hemden der letzten Tage im Wäschekorb sah, war sie überzeugt, dass sie sich, was ihre Beziehung anging, etwas vormachte. Er würde sich nie ändern.

Nina fühlte sich klein, sie fühlte sich gehässig und vor allem verurteilte sie sich für ihre Gehässigkeit. Gut, dass Vintage-for-You montags erst um 15.00h öffnet, waren ihre Gedanken, und sie erwog, sich ganz freizunehmen für diesen Tag. Oder noch besser – gar nicht mehr hinzugehen. Denn das mit diesem Laden ist doch eine fixe Idee, die zu nichts führt. Reine Zeitverschwendung.

Gertrud war wieder da. Sie hatte sich einen Schlüssel für ihre Wohnung besorgt und nun machte sie sich breit und saß uneingeladen neben ihr am Frühstückstisch... Gertrud – so hatte sie diese innere Stimme vor Jahren getauft, die an Tagen wie diesem wie aus dem Nichts auftauchte und ihr alle Energie absaugte. Nina war mittlerweile bewusst, dass dies nichts anderes als ihre unbewussten Prägungen waren, die sie in ihrer Komfortzone festhalten wollten. Nur war ihr dieses Wissen gerade an solchen Tagen nicht zugänglich. Es kam ihr vor, als ob sich Nebel in ihrem Gehirn breitmachte und sie daran hinderte, klare Gedanken zu fassen. Was ihr jedoch immer half war, sich an konkreten Aufgaben entlangzuhangeln. Neben ihrer Kaffeetasse lag das Notizbuch. Sie versuchte erst, sich die Fragen laut vorzulesen. Als ihr das nicht gelang, gab sie sich einen Schubs, holte einen Schreibblock und machte sich daran, einen Plan zu erstellen, wie sie als Innenarchitektin Geld verdienen könnte.

Das ging erstaunlich gut. Sie war dabei, einen perfekten Businessplan zu erstellen und arbeitete sich von Punkt zu Punkt vor. Mit etwas Abstand hätte sie erkannt, dass Gertrud, dieses raffinierte Luder, sie genau damit in der Hand hatte: Denn im Perfektionismus hat sich noch jede Frau verloren. Tage würden vergehen, angefüllt von wildem Aktionismus. Nina würde sich souverän fühlen und voller Energie, nur um dann festzustellen, dass ihr die Energie für die entscheidenden Schritte fehlt – denn es würde immer etwas Entscheidendes fehlen. Eine weitere Ausbildung. Ein Zertifikat. Geld. Zeit. Ein eigenes Büro...

Das Telefon läutete. »Jetzt nicht!«, dachte Nina, »das ist wichtiger.« Unmittelbar darauf summte ihr Handy und zeigte eine Nachricht von Elvira: »Kannst du bitte dringend kommen. Ich brauche dich.« Nina versuchte im Laden anzurufen, aber die Leitung war tot.

Schneller als Gertrud protestieren konnte, zog sie sich an und verließ das Haus. Es musste etwas passiert sein. Von unterwegs versuchte sie weiter Elvira zu erreichen, hatte aber kein Glück.

Als sie an der U-Bahnhaltestelle die Rolltreppe hochfuhr, wollte sie die Straße überqueren und ließ einen Feuerwehrwagen passieren. Nina hatte ihre Haare noch nicht gewaschen und nur Jeans und Pullover an. Sie wusste, wenn sie sich Zeit genommen hätte, sich herzurichten, hätte Gertrud ihr zugeflüstert: »Lass dir eine Ausrede einfallen. Sag ihr, du kannst nicht...«

Die frische Luft tat ihr gut, sie schloss für einen Moment die Augen, atmete tief ein, hielt den Atem an und ließ all die üblen Gedanken, die sie begleiteten, mit einem langgezogenen, geräuschvollen Laut entweichen. Es fröstelte sie und Nina zog den Reißverschluss ihres Mantels höher, obwohl es nicht wirklich kalt war. Mit jedem entschlossenen Schritt in Richtung ihres Ziels wurde ihr Herz leichter und sie war dankbar dafür, dass sie es nicht zugelassen hatte, erneut ihr Herz zu verschließen aus Angst, Verletzlichkeit zuzulassen.

Sie bog um die Ecke und sah einen weiteren Feuerwehrwagen stehen. Sie stutzte. Von weitem sah sie behelmte Männer mit einem Schlauch hantieren. »Das ist doch...« Nina rannte. »Deshalb konnte ich Elvira nicht erreichen. Hoffentlich ist ihr nichts passiert!« Szenen wie aus den Fernsehnachrichten schossen ihr durch den Kopf. Atemlos kam sie am Laden an und war verwirrt. Ein Kasten, von dem ein ohrenbetäubender Lärm ertönte, nahm ihr die Sicht. Ein Feuerwehrmann gab Anweisungen, ein weiter kam direkt aus dem Laden. Sie sah nach oben. Kein Rauch? Keine Flammen? Keine Drehleiter?

»Nina! Ich bin hier«, drang ein Rufen zu ihr. In ihrer Verwirrung konnte sie jedoch nicht ausmachen, von wo Elviras Stimme kam. Ein Feuerwehrmann wies sie an, die

Absperrung zu beachten und die Straßenseite zu wechseln. Und da sah sie die Besitzerin des Schuhladens von gegenüber winken, neben ihr Elvira, mit einer Tasse in der Hand.

Mit einem: »Das ist gut für die Seele«, überreichte die Schuhverkäuferin der verdutzten Nina ebenfalls eine Tasse mit dampfendem Tee. Bin ich hier im falschen Film? Feuerwehr ohne Feuer, Ich soll dringend kommen. Elvira trinkt mit der Nachbarin Tee. Nina konnte sich keinen Reim darauf machen. Zudem kam nun ein Feuerwehrmann auf sie zu. »Wir haben so gut wie möglich alles abgepumpt und rücken jetzt wieder ab.«
Wasser! – Warum war sie nicht früher darauf gekommen, und dieses Ding, das solch ohrenbetäubenden Lärm verursachte, war der Motor der Wasserpumpe, wurde ihr nun klar.

Es roch modrig. Vom Kristalllüster an der Decke tropfte Wasser. Wie groß der Schaden war, war nicht auszumachen. Ein geplatzter Wasserschlauch, wahrscheinlich von der Geschirrspülmaschine der Wohnung unmittelbar darüber, ließ Wasser in Elviras Reich eindringen, und dies wohl seit Samstagabend.

Die wunderschöne, dunkelgrüne Tapete mit den Pfauenfedern wellte sich, der Parkettboden stand auf und knarzte, der Teppich im Eingangsbereich war unansehnlich. Der Hausmeister bot an, sich um einen Container zu kümmern und versprach, zwei Trocknungsgeräte zur Verfügung zu stellen. »Den Lüster mache ich Ihnen aber gleich ab, sonst fällt er Ihnen noch auf den Kopf.«

Nina, die sah, wie nahe dies Elvira ging, schlug vor, sich erst mal um die Versicherung zu kümmern und gemeinsam die nächsten nötigen Schritte zu überlegen. Sie stellten Putzkübel unter die tropfenden Stellen, holten die Aktenordner aus dem kleinen Büro und machten sich auf den Weg zu Elviras Wohnung.

Ist das wirklich wahr?

17. Keine Widerrede

In Ninas Kopf ratterte es: Die Versicherung musste informiert werden. Es bräuchte eine detaillierte Auflistung der beschädigten Ware. Wer könnte kurzfristig helfen, die filigranen Art Déco Porzellanservice sicher zu verpacken... Sie war gut im Organisieren und würde eine To-do-Liste erstellen.

Elvira jedoch hatte anderes im Sinn. In ihrer Wohnung angekommen bat sie Nina, die Schuhe auszuziehen, die Aktenordner auf den Boden zu stellen und sich die Hände zu waschen. Sie ging ins Wohnzimmer. »Hilf mir bitte, den Esstisch zur Seite zu rücken. Und bring das Schafsfell mit.« Nina, der sich der Zusammenhang zwischen Wasserschaden und Schafsfell nicht erschloss, tat, was ihre Freundin von ihr erwartete.

»Was wird das?«, fragte Nina nachsichtig, als Elvira die Stühle in die Küche brachte und ein weiteres Schafsfell auf den Boden legte. Offensichtlich war ihre neue Freundin zu verstört, um sich um die wesentlichen Dinge zu kümmern. Sie würde das für sie übernehmen.

Sie hatte diesen Gedanken kaum zu Ende gedacht, als Elvira sich auf ein Fell stellte und Nina mit einer Geste, die keine Widerrede zuließ, andeutete, ihren Platz auf dem anderen einzunehmen. »Jetzt ist nur eines wichtig«, sprach Elvira nach einem Moment der Stille, »dass wir das alles nicht in unser System lassen«, und fing an, mit den Knien zu wippen. »Ich will nicht, dass sich diese Erfahrung in meinen Zellen einnistet«, versuchte sie zu erklären und schüttelte nun auch Arme und Schultern. Nina ergab sich ihrer Neugierde und machte es ihr nach.
»Unsere Urahnen sind vor dem Säbelzahntiger geflüchtet, später haben sich Menschen in allen Teilen der Welt durch Trancetänze von all den Schrecken, die ihnen widerfuhren, erholt. In Asien habe ich gelernt, dass wir durch Schütteln auch alte Traumata aus unserem Körper erlösen können«, erklärte sie weiter.
Das leuchtete ein und weil auch Nina so einiges »im Nacken« saß, schüttelte sie sich dankbar und nach ein paar Minuten spürte sie bereits die befreiende Wirkung.

»Was ist jetzt los?«, fragte sich Nina besorgt, als Elvira plötzlich zu wimmern begann. Völlig ungeniert betrauerte diese Frau vor ihren Augen den Verlust, den sie erlitten hat. Dabei kauerte sie auf den Boden, strich mit ihren Fingern über das Fell und schluchzte.

Nina, die hin- und hergerissen war, ob sie sich über dieses Spektakel fremdschämen oder ihrer Faszination erliegen sollte, entschied sich für letzteres und ließ sich mitreißen. Urplötzlich war dieser Schmerz zu spüren, als ihr Klaus damals eröffnet hatte, dass er mit Andrea im Bett gewesen war. Diese Mischung aus Scham, heiligem Zorn, Eifersucht und Minderwertigkeit. Nina schüttelte sich, kauerte sich ebenfalls auf den Boden und trommelte verzweifelt mit ihren Händen auf das Schafsfell. Sie heulte, es wurde ihr speiübel und im nächsten Moment war ihr nach Lachen zumute.

Völlig erschöpft, beseelt und jede Zelle ihres Körpers mit Glückseligkeit erfüllt, rollte sich Nina auf ihrem Schafsfell zusammen.

Sie kam sich angenehm berauscht vor. »Fühlt sich an wie Champagnerbläschen«, murmelte sie und genoss eine tiefe Zufriedenheit. Es war schon nach drei Uhr nachmittags, als sie mit zwei Glas Leitungswasser aufeinander anstießen und beschlossen, dass es jetzt an der Zeit wäre, einen Versicherungsfall zu melden. Nina übernahm das und musste sich bemühen, ihrer Stimme dabei keinen allzu glücklichen Tonfall zu verleihen.

* * *

Zu Hause angekommen, erinnerte an Gertrud nur mehr der Anblick ihrer Schreibunterlagen. Sie hatte sie heute Morgen bei ihrem eiligen Aufbruch auf dem Esstisch liegengelassen. Ihre Bemühungen, einen Businessplan zu erstellen, kamen ihr vor wie eine Erinnerung an eine längst vergessene, bedeutungslose Szene ihres Lebens. Sie riss die Seiten aus ihrem Schreibblock, warf einen letzten, amüsierten Blick darauf und mit jedem einzelnen Blatt, das sie zerriss, fühlte sie sich großartiger. Zu häufig in ihrem Leben hatte sie sich Pläne von ihrem Kopf diktieren lassen, nun würde sie ihrem Herzen folgen.

Statt wie nach ihrem Studium Wohnungen geschmackvoll und repräsentativ einzurichten, in denen sich ihre Auftraggeber sich zurechtfinden und einleben mussten, sah sie sich zukünftig als Raumgeberin für all das teilweise noch schlummernde Potenzial ihrer Kunden, und sie freute sich bereits auf die Vorgespräche, in denen genau dies erst mal zu ergründen war. Möbel, Bilder, Einrichtungselemente würden die Persönlichkeit ihrer Bewohner spiegeln und unterstützen, statt nur dekorativ, aber nichtssagend in der Ecke – oder gar der eigenen Entfaltung im Wege zu stehen.

Sie entsorgte die Papierschnipsel feierlich im Müll und lüftete gründlich, bevor sie sich eine ausgiebige Dusche gönnte.

Was braucht es jetzt?

18. Bereit zu empfangen

Zwei Tage später

Der Container auf der Straße war bereits gut gefüllt. Die braune Brühe, die knöcheltief im Laden gestanden hatte und der entsetzten Elvira entgegen geschwappt war, als sie am Montagmorgen die Türe aufsperren wollte, hatte die gesamte Einrichtung ruiniert.
»Soll sonst noch etwas in den Container?«, wollte der hilfsbereite Hausmeister wissen. Der kostbare Lack der filigranen chinesischen Kommoden zeigte Risse und die entzückenden Intarsien auf ihrem geliebten Salontischchen, wellten sich. »Die bitte noch«, sagte Elvira gefasst.

Die begehrten, strassbesetzten Kleider, Fächer und bestickten Täschchen, allesamt von der Feuchtigkeit ruiniert, moderten in mehreren großen, randvoll gefüllten Müllsäcken und warteten darauf, dass Klaus sie später zum Wertstoffhof bringen würde. Er hatte einen Homeofficetag und bereitwillig seine Hilfe angeboten.

Die beiden Frauen waren damit beschäftigt, wertvolle Lampenschirme und Stehleuchten im Tiffanystil in Kartons zu verpacken. Nina, die von Beginn an verzaubert war, vor allem von den Paradiesvogel- und Libellenmotiven, würde die Lampen in ihrer zukünftigen Karriere als Inneneinrichterin zum Einsatz bringen. Ehrfürchtig fast, strich sie mit ihren Fingern über die Glaseinsätze. »Weißt du, dass diese Leuchten nur zufällig entstanden sind?«, fragte Elvira, die ihre Begeisterung teilte. »Aus vielen Glasresten und Scherben, die übriggeblieben sind bei der Verglasung von Schranktüren. Sie sollten auf dem Müll landen, waren aber zu schön und so sind aus Scherben solch wertvolle Lampen entstanden.«

Nina atmete tief: »So wie bei mir. Mir kam mein Leben bis vor zwei Wochen auch wie ein Scherbenhaufen vor.« Der Knoten in ihrer Brust, die unerwartete Kündigung ihrer Geschäftsbeziehung durch Frau Sandt, die Ungewissheit, wie es mit Klaus weitergehen würde, kamen ihr in den Sinn.

Obwohl sich Nina Elvira gegenüber bedeckt gehalten und nur ab und zu eine Andeutung über ihr Privatleben gemacht hatte, war ihr klar, dass diese Frau ziemlich genau wusste, wie es um sie stand. Waren es nicht ohnehin immer die gleichen Themen, die Frauen bewegen? Gesundheit, Selbstzweifel, Beziehungsfragen, Geld und Beruf und über allem die Sinnfrage: Wer bin ich eigentlich?

Wie häufig hatte Nina während ihrer kurzen Lehrzeit im Laden genau die richtigen Lektionen im richtigen Moment bekommen. Und so kam es ihr geradezu wie ein letzter Abschiedskuss von ihrer Meisterin vor, als Elvira, just in dem Moment, als Klaus zur Tür hereinkam, ihr mit einem freundlichen Augenzwinkern ein besonders schönes Stück in die Hand drückte: »Wir wissen nie, wozu etwas gut ist im Leben. In unserer Zeit sind wir manchmal versucht, etwas vorschnell achtlos zu entsorgen, was sich später als besonders wertvoll herausstellen kann.« Und mit einem: »Nimm das als mein Abschiedsgeschenk«, umarmte sie Nina, die sich ihrer Tränen nicht schämte.

Was ist dein Geschenk?

Epilog

Drei Monate später

Elviras Tanz- und Reiselust war wieder geweckt worden und die erfreulich hohe Summe, die sie von der Versicherung ausbezahlt bekommen hatte, machte ihr das möglich.
»Madame Pele«, der Hawaiianischen Vulkangöttin die Ehre zu erweisen und Unterricht in Hula zu nehmen stand auf ihrer Ideenliste und natürlich Butho, der Tanz der Finsternis, für den sie bei ihrem letzten Besuch in Japan zu wenig Zeit gehabt hatte. Sie warf eine Münze, buchte einen Flug nach Tokyo und vermietete ihre Wohnung für zwei Jahre. Tanzen – wie sehr hatte sie das vermisst.

Beate hat sich für eine Ausbildung zum Sexualcoach entschieden. Dabei stellte sie schon bald begeistert fest, dass ihre sexuellen Erfahrungen durchaus noch ausbaufähig sind. Eine Spielart, der sie bislang noch gar keine Aufmerksamkeit geschenkt hatte, fesselte sie besonders: Bondage. Entsprechend begeistert war sie von dem Paket, das Nina sich für sie von Elvira aus Japan hatte schicken lassen: Ein Set mit schwarzen, geölten Naturfaserseilen für kunstvolle Fesselungs- und Knotentechnik.

Klaus hat realisiert, dass das Leben nicht endlos ist, und nach einer lautstarken Auseinandersetzung mit einem Auftraggeber hat er seine Tätigkeit als Unternehmensberater an den Nagel gehängt und ist nun in einer weltweit operierenden Non-Profit-Organisation tätig. Er kann aber auch leise sein, denn neulich hat er der »besten Frau seines Lebens« etwas ins Ohr geflüstert. Was, soll ihr Geheimnis bleiben. Was wir jedoch verraten: Nina hat dies so sehr gefallen, dass »lüstern flüstern« ihr Liebesspiel seitdem enorm bereichert hat.

Nina folgte der Freude. Im Wartezimmer ihrer neuen Frauenärztin blätterte sie in einer Zeitschrift und blieb wie elektrisiert an einem Artikel über Bauchtanz hängen. Schon zwei Wochen später fand sie sich in Tunis wieder. Sie genoss die sinnlich wogenden Bewegungen, die Gemeinschaft der Frauen, ihre Besuche im Hammam und ihre Streifzüge durch den Bazar, in dem sie tüchtig feilschte und für ihre erste Kundin als Raumgeberin Stoffe besorgte. Zum Ausklang gönnte sie sich noch ein paar Tage am Meer und freute sich auf ihr Notizbuch. »Was ist sonst noch möglich?«, liest sie. Nina bestellt sich an der Strandbar einen alkoholfreien Cocktail und bittet um einen Stift und begann zu schreiben. Ein Buch über den Weg in die Sinnlichkeit.

Es beginnt mit den Worten: »Mit allem hätte sie gerechnet. Dass ihr Mann sie verlässt, einer wilden Romanze wegen und das nach siebzehn Jahren Ehe...«

Nachwort

Mit Vergnügen, avec plaisir, my pleasure, con mucho gusto – diese Worte sind in verschiedenen Sprachen zu Floskeln geworden, die manchmal einfach so dahergesagt werden.

Doch was sollen sie wirklich vermitteln, wenn sie auch gemeint sind? Vergnügen, Freude, Glückseligkeit sind Zustände in unserem Geist, die stark auf den Körper wirken und nachgewiesen unser Immunsystem ankurbeln.

Für mich haben sie eine ganz besondere und weitere Bedeutung. Vor mittlerweile mehr als 30 Jahren nahm ich einen spirituellen Namen an: Anandi. Ein Wort aus dem Sanskrit, der alten indischen Schriftsprache. Die Übersetzung ist Glückseligkeit, was mich damals fast profan anmutete. War nicht Unendliche Liebe oder Göttliche Freiheit viel bedeutungsvoller?
Im Laufe der Jahre wuchs ich immer leichter, tiefer und weiter in diese Glückseligkeit hinein. Es bereitet mir großes Vergnügen, Frauen darin zu begleiten, in ihrem Leben und vor allem in ihrem Körper Vergnügen, Freude, Genuss und Lust zu erfahren. Diese Frauen ruhen in sich und fühlen sich mit sich selbst und dem Leben verbunden. Wenn es Herausforderungen in ihrem Leben gibt, finden sie über die Verbindung und das Vertrauen zu ihrem Körper leicht wieder in ihre Balance.

Wir Frauen sind orgasmische Wesen, auf der tiefsten Ebene unseres Seins kennen wir die Räume von Glückseligkeit, Sinnlichkeit und Lust. Wie können wir immer wieder dorthin zurückfinden?

Birgit Faschinger-Reitsam zeigt zauberhaft und beherzt, wie das gehen kann. Sie lässt ihre Protagonistin in verschiedensten Situationen sich erinnern, neue Erfahrungen erleben und dadurch in ein ganz neues Leben hineinwachsen, voller Zuversicht und Selbstvertrauen. Ihr Weg braucht Mut und liebevolles Hinschauen und das gibt ihr mehr und mehr Freude. Je mehr sie sich selbst sieht und anerkennt, desto leichter fallen die Dinge an ihren Platz und ergeben sich auf fast magische Weise. Freude und Vergnügen sind Magnete für unsere Wünsche und Visionen. Daher tut jede Frau gut daran, sich von Nina, der Protagonistin, inspirieren zu lassen. Das kann sehr vergnüglich neue Perspektiven im Leben erscheinen lassen.

Mit Vergnügen habe ich das Nachwort für dieses Buch geschrieben, liebe Birgit Faschinger-Reitsam. Beim Lesen stieg meine Laune und ich habe an vielen Stellen bestimmt ein breites Lächeln im Gesicht gehabt. Wohltuend empfand ich auch die sinnlich-verspielten Illustrationen. Sabine Paul schaffte es mit einem Pinselstrich, dass es mir warm ums Herz wurde. Mein Körper fühlte sich angenehm wach und gleichzeitig entspannt an und dies wünsche ich auch den zahlreichen Leser/Innen.

Anandi Iris Mittnacht

Körperpsychotherapeutin
Sex-, Beziehungs- und Liebes Coach
www.wache-weiblichkeit.de

Danksagung:

Besonderen Dank möchten wir unseren Ehemännern aussprechen, denen wir uns in unseren dunkelsten Stunden mutig zugemutet haben, die zu uns halten und uns bei unseren kreativen Eskapaden tatkräftig unterstützen.

Unser Dank gilt auch all den Frauen, die uns während des Entstehungsprozesses angespornt und unterstützt haben, wie Anandi Iris Mittnacht, die ein zauberhaftes Nachwort beigesteuert hat, indem sie über Glückseligkeit, Sinnlichkeit und Lust reflektiert. Lavinia Lazar, die uns als Buchkonstrukteurin professionell beiseite stand und als Sexual- und Beziehungscoach augenzwinkernd ermunterte, „Mit Vergnügen" verführerisch zu verpacken. Und ganz besonders Claudia Müller-Tief, die Groß gegen Klein ausgetauscht und Kommas an den rechten Platz gerückt hat.

Foto: Nora Bretting

Über Birgit Faschinger-Reitsam und Sabine Paul

Sabine und ich kennen uns seit der Kindergartenzeit ihrer Töchter und meiner Söhne. Gefunden aber haben wir uns über die zauberhaft unverschämten Buchprojekte, in denen wir unserem Traum, Frauen mit allen Teilen ihres wundervollen Körpers zu versöhnen, in Texten und Bildern Gestalt geben. Gemeinsam Erfolge zu feiern, auch die kleinen Fortschritte zu würdigen, unsere Einzigartigkeit anzuerkennen ist nicht nur Elvira und Nina, den Protagonistinnen in „Mit Vergnügen" vorbehalten: Arbeiten fühlt sich auch für uns an wie Feiern.

Das Leben will uns nicht „nett" haben - es will, dass wir Begeisterung und Lebenslust Raum geben und uns mit unserer Sehnsucht verbinden. Und genau das leben wir durch unsere gemeinsamen Projekte. Dabei lassen wir uns mehr und mehr von unserer Intuition führen. Was eigentlich ein eher trockenes Sachbuch werden sollte, wünschte sich von uns ein anderes Format: eine saftige Erzählung mit exquisiten Bildern. Und so staunten wir und amüsierten uns darüber, wie sich die Geschichte uns von Kapitel zu Kapitel mehr und mehr erschloss und wir mit Tastatur und Tuschefeder bereit waren zu empfangen

Foto: Nora Bretting

Birgit Faschinger-Reitsam, verheiratet und Mutter von zwei Söhnen, lebt in München. Sie war viele Jahre erfolgreich im Versicherungsbusiness tätig. Zum Ausgleich tanzte sie leidenschaftlich gerne Tango mit ihrem Mann, bis sie extreme Fußprobleme ausbremsten. Genau dies hat sie zum Anlass genommen, sich ausgiebig mit dem Thema körperlicher Gesundheit zu beschäftigen. Heute bietet sie in ihren Seminaren, Onlinekursen und Coachings einen einzigartigen, ganzheitlichen Ansatz. Sie zeigt Frauen, wie sie sich mit allen Teilen ihres wundervollen Körpers versöhnen können – vor allem mit bislang abgelehnten oder wenig beachteten Regionen, wie Füße, Beckenboden, Brust oder Kieferbereich. Besuche Birgit Faschinger-Reitsam auf ihrem Blog:
www.draufgaengerin.de

Über mich

Als Kind im elterlichen Hotel in der Münchner Innenstadt bin ich „mitgelaufen", wurde auf die Handelsschule geschickt und durfte schon als Vierzehnjährige mit meinem Schulenglisch und den erworbenen Schreibmaschinenkenntnissen zahlreiche Zimmeranfragen beantworten, die meist mit „My husband and I" begannen. Mit meinem Studium der Soziologie emanzipierte ich mich später gegenüber meinem Vater, der mich gerne als Hausfrau und in einem sicheren Angestelltenverhältnis gesehen hätte. Auch die Pläne meiner Mutter, weiterhin das Hotel zu leiten, durchkreuzte ich, indem ich mich finanziell durch Orientalischen Tanz unabhängig machte. Ich war eine Macherin. Den Bauchtanz hängte ich nach knapp zehn Jahren an den Nagel und verschrieb mich einer glänzenden Karriere in der Versicherungsbranche als Spezialistin für betriebliche Altersvorsorge – einer damals sehr männlich geprägten Welt. Um in dieser Welt zu überstehen, widmete ich mich so branchenfremden Themen wie Tao, Yoga, Tanz und Tantra... Mich faszinierte überliefertes medizinisches Wissen genauso wie die moderne Gehirnforschung. Kunst zog mich magisch an, angefangen vom Aktzeichnen über Poesie bis hin zum Schmieden und Holzbildhauerei. Erst rückwärts blickend erkenne ich den roten Faden, der sich durch mein Leben mäandert.

Extreme Fußschmerzen öffneten mir unerwartet die Tür zu einem neuen Betätigungsfeld: mich gesundheitlichen Herausforderungen und den oft psychischen Ursachen auf ganzheitliche Weise zu widmen und einfühlsam darüber zu schreiben.

Foto: Nora Bretting

Sabine Paul, verheiratet und Mutter von vier Töchtern. lebt in München und ist seit über 20 Jahren als freischaffende Grafikerin, Illustratorin und Malerin tätig. Doch damit nicht genug, Ausgleich findet sie bei extravaganten Näharbeiten, im Garten oder beim Skulpturenbau mit Schülern der Mittelschule. Kreativität kann heilen und Klarheit bringen. Als Neurographik-Spezialistin bietet sie kreatives Coaching an, bei dem zeichnen können keine Voraussetzung ist.

»Nur nicht stillstehen, alles im Leben ist Lernen.« Sie gestaltet aus Lust und Liebe, und nicht zuletzt ihr eigenes Leben. Besuche Sabine auf ihrer Hompage:

www.paul-grafik.de

Über mich

Ups, jetzt habe ich gekleckst – das Bild ist hinüber. Wenn ich den Klecks betrachte, erkenne ich, wie wunderschön er ist und fange an zu spielen. Ich will mehr Kleckse. Ich tauche ein in das Universum der schwarzen Tusche und erforsche, was sonst noch möglich ist. Dabei lausche ich meiner intuitiven Stimme und lasse dem kreativen Prozess freien Lauf.
Fehler oder Missgeschicke passieren. Wichtig ist, was du daraus machst. Der Mut, mit dem Unperfekten zu spielen, schenkte mir noch mehr Vergnügen, der Essenz der Texte bildhaft Ausdruck zu geben, der Idee eines Bildes Eigendynamik gestatten und den Tanz des Pinsels über das Papier genießen. Alles begleitet von Swing oder Blues.

Kreativ den Fragen und Aufgaben des Lebens begegnen und dabei die »Kleckse« nicht verurteilen, sie stattdessen von einem anderen Blickwinkel aus betrachten, und Dinge verknüpfen, die sonst nicht zusammengehören. – Ob beim Gestalten von Schriften, beim Zeichnen, beim Malen, mit Grafik-Design oder beim Nähen, für mich ist es stets das gleiche Spiel mit den Elementen: meine Visionen, die Bilder die in meinem Kopf entstehen, zu skizzieren und anschließend zu realisieren.

Kreativität ist mein Seelenheil und hilft mir, klarer zu sehen. So fand mich die Neurographik, eine heilsame transformative Zeichenmethode, mit der ich meine Lust an der Kreativität weitergeben kann. Ein intuitiver Weg, der Konflikte lösen und Fragen des Lebens beantworten kann, während schöne Bilder entstehen.

»Wenn Zeit kostbar ist, verbringe sie auf köstliche Weise.«

Das Leben schmecken

– Weiblichkeit ist kostbar,

ist eine Einladung, den Alltag auf sinnlich, sinnvolle Weise vergnüglich einzurichten.

In den Erzählungen begegnet man Frauen, die ihre Sehnsucht nach Leben auf besondere Weise stillen. Ein Buch gefüllt mit Schmankerln, die nicht dick machen – aber satt und glücklich. Anregende Inspirationen und liebevolle Illustrationen machen Lust, sich das Leben vergnüglich einzurichten.

»Ein wunderbares Buch für Frauen, die ihre Weiblichkeit mehr zelebrieren und noch mehr in ihre weibliche Kraft eintauchen möchten. Es ist auch ein Arbeitsbuch vom Feinsten mit viel Genuss und Lust auf Echtheit im Leben. Die Autorin arbeitet mit Metaphern, die mein Herz erwärmen. Die ausdrucksstarken Bilder ergänzen das Geschriebene wunderbar und schenken dem Buch eine wundervolle Umarmung. Ein Augenschmaus, der meine Seele erreicht.

Ein Buch wie ausgewählte Pralinen, die man sich langsam auf der Zunge zergehen lässt. Man isst sie nicht alle auf einmal. So bringt auch Kapitel für Kapitel neue Überraschungen, die nachwirken.«

Das Leben schmecken
Weiblichkeit ist kostbar

Taschenbuch, 180 Seiten

Birgit Faschinger-Reitsam und Sabine Paul

ISBN 978-3-9819238-1-0
Verlag: Frauenschuh-Verlag,
Birgit Faschinger-Reitsam & Sabine Paul GbR

im Buchhandel erhältlich

Schuhrakel

– Wege in die weiblich Kraft

Glaubenssätze sind innere Dialoge, die dich auf der Stelle treten lassen und dich festhalten. Wenn du im Leben weiter- und dir auf die Schliche kommen willst, haben wir für Frauen, »die es wissen wollen«, das SCHUHRAKEL entworfen. Ein Kartenset, mit 44 Impulskarten, die dich treffgenau dort abholen, wo du gerade stehst. Auf humorvolle und freundliche Weise kannst du dir im Begleitbuch Anregungen holen, wie du in Führung gehen, kraftvoll auftreten oder zu dir stehen kannst.

Die SCHUHRAKEL-Karten sind echte Hingucker und machen Laune und im Kreis von Frauen bieten sie Anlass für Gespräche mit Tiefgang. Mut, Mehr vom Leben, Unterstützung, Leidenschaft, Fülle, Selbstbestimmung... sind nur einige der Impulse, zu denen du Einsichten gewinnen kannst.

Die Karten sind Kult: Kaum auf dem Markt, bekam das Schuhrakel einen Platz im Virtuellen Schuhmuseum in Den Haag.

Schuhrakel – Wege in die weibliche Kraft

44 Künstlerkarten mit Begleitbuch, 104 Seiten

Birgit Faschinger-Reitsam und Sabine Paul

ISBN 978-3-9819238-0-3
Verlag: Frauenschuh-Verlag,
Birgit Faschinger-Reitsam & Sabine Paul GbR

im Buchhandel erhältlich

Wenn Tango Leiden schaf(f)t

– *Mit glücklichen Füßen genussvoll tanzen.*

»Fußprobleme sind nicht nur Fußprobleme.« Mit dieser Erkenntnis kam die Autorin zu ihrer Berufung. In diesem Ratgeber schildert sie ihre Erfahrungen, Tipps, Tricks und Geheimnisse, wie sie es selbst geschafft hat, heute wieder zu tanzen und dies genüsslicher als zuvor. Lesenswert für alle Frauen, die sich mit ihren Füßen versöhnen wollen.

»Sehr ansprechend und berührend sind mir deine Texte.
In deiner einzigartigen Mischung aus persönlich,
humorvoll, weise. Deine Tipps einladend, ungewöhnlich,
inspirierend. Die Erinnerung: ich wohne
in MEINEM Körper und der weiß so viel.
Beziehungsweise ALLES, wenn ich ihm denn zuhöre.
Danke dir für diese vielfältigen Aspekte,
die du beleuchtest!«

2016 erschien das Buch

Wenn Tango Leiden schaf(f)t,

Mit glücklichen Füßen genussvoll tanzen

Taschenbuch 128 Seiten

Birgit Faschinger-Reitsam

ISBN 978-3734563034, Verlag Tredition

Wie kann es noch besser gehen?

Mit Vergnügen